U0619404

Czesław Miłosz

The Witness of Poetry

诗 的见证

哈佛大学查尔斯·艾略特·诺顿讲座，1981-1982

〔波兰〕切斯瓦夫·米沃什 著

黄灿然 译

广西师范大学出版社
·桂林·

The Witness of Poetry

Copyright © 1983, The President and Fellows of Harvard College

All rights reserved

著作权合同登记号桂图登字:20－2011－138 号

图书在版编目(CIP)数据

诗的见证／(波兰)切斯瓦夫·米沃什著;黄灿然译.—2版.
—桂林:广西师范大学出版社,2016.9(2022.8 重印)
(文学纪念碑)
ISBN 978－7－5495－8369－0

Ⅰ.①诗… Ⅱ.①切… ②黄… Ⅲ.①诗歌评论 Ⅳ.①I052

中国版本图书馆 CIP 数据核字(2016)第 154446 号

出 品 人:刘广汉   丛书主持:魏　东
责任编辑:魏　东   装帧设计:赵　瑾
广西师范大学出版社出版发行

(广西桂林市五里店路9号   邮政编码:541004)
(网址:http://www.bbtpress.com)

出版人:黄轩庄
全国新华书店经销
销售热线:021－65200318   021－31260822－898
山东韵杰文化科技有限公司印刷
(山东省淄博市桓台县桓台大道西首   邮政编码:256401)
开本:787mm×1 092mm   1/32
印张:7.25   字数:80 千字
2016 年 9 月第 2 版   2022 年 8 月第 3 次印刷
定价:59.00 元

如发现印装质量问题,影响阅读,请与出版社发行部门联系调换。

Listening to History, 1995, bronze, by Bill Woodrow

我一代人都失去了。还有一座座城市。和一个个民族。
但这一切都在稍后。与此同时,在窗里,一只燕子
表演它的瞬间仪式。那个少年,他是否已经在怀疑
美永远在别处而且永远是错觉?
此刻他看见他的家乡。在第二次割草的时候。
道路蜿蜒上山又蜿蜒下山。小松林。湖。
阴云遮蔽的天空里射出斜光。

到处都是拿镰刀的男人,穿着这地方常见的
未漂白的亚麻衬衣和暗蓝色裤。
他看到我就在此刻看到的。啊,但他很聪明,
专注,仿佛事物刹那间就被记忆改变。
坐在大车上,他回望,以便尽可能地保存。
这意味着他知道在某个最后时刻需要什么,
他终于可以用碎片谱写一个完美世界的时刻。

Zgubiło się pokolenie. Także miasta. Narody.
Ale to trochę później. Tymczasem w oknie jaskółka.
Odprawia obrzęd sekundy. Ten chłopiec, czy już podejrzewa
Że piękność zawsze nie tu i zawsze kłamliwa?
Teraz widzi swoje powiaty. Koszą otawy.
Drogi kręte, pod górę, w dół. Borki. Jeziora.
Pochmurne niebo z jednym ukośnym promieniem.
I wszędzie rzędy kosiarzy w koszulach z grubego płótna,
W ciemnoniebieskich spodniach, barwionych wedle zwyczaju.
Widzi co widzę dotychczas. Był jednak przebiegły,
Patrzył jakby od razu rzeczy zmieniała pamięć.
Odwracał się jadąc bryką bo chciał najwięcej zachować.
To znaczy zbierał co trzeba na jakiś ostatni moment
Kiedy z okruchów ułoży świat już doskonały.

My generation was lost. Cities too. And nations.
But all this a little later. Meanwhile, in the window, a swallow
Performs its rite of the second. That boy, does he already suspect
That beauty is always elsewhere and always delusive?
Now he sees his homeland. At the time of the second mowing.
Roads winding uphill and down. Pine groves. Lakes.
An overcast sky with one slanting ray.
And everywhere men with scythes, in shirts of unbleached linen
And the dark-blue trousers that were common in the province.
He sees what I see even now. Oh but he was clever,
Attentive, as if things were instantly changed by memory.
Riding in a cart, he looked back to retain as much as possible.
Which means he knew what was needed for some ultimate moment
Which he would compose from fragments a world perfect at last.

Czesław Miłosz

目 录

一 从我的欧洲开始

关于诗歌的博学论著多不胜数，并且拥有比诗 3
歌本身更多的读者，至少在西方国家是如此。这不
是好兆头，即使这是因为它们的作者出类拔萃，他们
充满热忱地融会了当今在大学里广受尊敬的各门学
科。一个想与那些饱学之士竞争的诗人，将不得不
假装他拥有的自知之明比诗人被允许的更多。坦白
说，我一生都被某个守护神控制着，那些由他口授的
诗是如何产生的，我并不是太清楚。这就是为什么
我讲授斯拉夫文学多年，都一直仅限于讲授文学史，
而力图避免谈论诗学。

然而,有些事情使我感到安慰,并且我觉得也成为我担任哈佛诗歌教授的正当理由。我心里想到的,是欧洲那个角落,它塑造我,而我也通过用童年所讲的母语写作来保持我对它的忠诚。二十世纪也许比其他任何世纪都要多变和多面,它会根据我们从哪个角度看它而变化,也包括从地理角度。我那个欧洲角落,因发生了只有剧烈的地震才能比拟的不寻常和毁灭性事件,而提供了一个独特角度。结果,我们这类从那些地区来的人,对诗歌的评价与我的大多数听众稍微不同,因为我们往往把它视为人类一场重大转变的见证者和参与者。我把此书称为"诗的见证",不是因为我们见证诗歌,而是因为诗歌见证我们。

不管是个人还是人类社会,都在不断地发现只有直接经验才能获得的新向度。这也适用于历史向度,我们对历史向度的理解是不经意的,甚至是违背我们本意的。(它不是通过书籍发生的,尽管历史经验确实改变我们的阅读。)我所说的经验,不只是指感到大写的历史以毁灭之火从天而降的形式、外国军队侵略的形式和城市变成废墟的形式带来的直接压力。历史真实性有时候会显现于建筑的一个细部中，风景的塑造中，甚至树林中——例如靠近我出生地的那些橡树，它们记得我那些异教的祖先。然而，只有在意识到危险在威胁我们所爱的事物时，我们才会感到时间的向度，并且在我们所看见和接触的一切事物中感到过去一代代人的存在。

我恰好生长于罗马与拜占庭的分界线上。我们不免要问，今天乞灵于这些古老、仅剩象征意义的力量，是否可能呢？然而，这个划分已持续几个世纪，在罗马天主教的领域与东方基督教的领域之间勾勒出一条线索，尽管这条线索并非总是在地图上。在几个世纪中，欧洲保留这个古老的划分，并遵循平行轴心的法则。一个是西方轴心，它从意大利向北延伸；一个是东方轴心，它从拜占庭向北延伸。在分界线的我们这边，一切都来自罗马：作为教会语言和文学语言的拉丁语、中世纪的神学争论、作为文艺复兴时期诸诗人的楷模的拉丁语诗歌、巴罗克风格的白色教堂。此外，文学艺术的崇拜者们也是把他们的热望投向南方，投向意大利。现在，当我试图较理智地谈论诗歌时，这些东西绝不是抽象的考虑。如果我的一个主题是宗教想象力的奇怪命运，以及当诗歌开始获得取代宗教的特点时诗歌的命运，那恰恰是因为我在高级中学时曾多年研读厚厚的课本中的罗马教会历史和各种教义，这些课本自此以后已经哪里都没人使用了；我怀疑，即使是在大学研究班，如此详尽的课本是否还有人使用。另外，既是我着迷又是我讨厌的古典主义，其源头也包括贺拉斯、维吉尔和奥维德，他们是我在班上研读和翻译的作者。在我有生之年，拉丁语已从礼拜仪式和中学课程中消失，这是南北轴心逐渐削弱的结果。然而，现在就把罗马和拜占庭贬谪为无可挽回的过去，仍为时过早，因为它们的遗产还在以新的、常常是难以定义的形式出现。

　　不用说，我很早就感到来自东方的某种威胁，当然不是来自东方基督教,而是来自东方基督教失败的结果。南北轴心的法则不仅在野蛮民族被罗马改变信仰上发生作用,而且在那些从拜占庭获取宗教的辽阔领土上发生作用:是获取宗教,而不是获取教会的语言。俄罗斯历史学家格奥尔基·费多托夫认为,俄罗斯所有不幸都源自它选择斯拉夫语而不是希腊语作为其教会语言,如果选择希腊语,则希腊语可能成为东方的通用语,如同拉丁语是西方的通用语。俄罗斯因此而长期被孤立,直到它突然地和迟来地发现各种西方观念,并赋予它们丑怪的形状。在波兰,由于在一九二〇年打赢了与革命的俄罗斯的战争,并在一九三九年之前成功地保持其独立,因此波兰对危险的感觉太明显了,根本不需要深入研究其历史原因。然而,我自童年起对俄语的了解,以及成长过程中对一些非西方因素的了解,逐渐使我6省思俄罗斯的弥赛亚主义及其圣城莫斯科——这座城市一度被称为第三罗马(而这个事实并非没有其后果)。因此,我对我将在这里常常提到的陀思妥耶夫斯基的兴趣，很大程度上是源自地域性的影响。

南北轴心。十六世纪波兰诗人的语言，如同天主教和新教那些刚刚翻译过来的圣经的语言一样，与今天波兰语接近的程度，要比《仙后》①与今天英语接近的程度更高。或者可以说，在音调和感受力方面更接近。这意味着今天一位波兰诗人在诗歌技艺上与其先辈们有一种较密切的关系，并能够对十六世纪语言感到亲近。但是，十六世纪诗人中最著名的扬·科哈诺夫斯基②是一位双语诗人；他有很多诗是用拉丁语写的，而他很多波兰语诗则只是改写自贺拉斯。因此，一位波兰诗人会一再被提醒那个本行老问题：今天如何对待古典主义？

南北轴心这个概念，我希望已说得够清楚了。另一个概念，西东轴心，也许较新奇，尽管对于譬如《战争与和平》的读者来说并不如此，因为小说中的

---

① 《仙后》为英国诗人斯潘塞十六世纪末的诗作。

② 扬·科哈诺夫斯基（1530-1584），波兰诗人。

主人公们，那些受良好教育的俄罗斯人，都快活地用法语交谈。在十八世纪，法语成为继拉丁语之后欧洲第二大通用语，而这一回俄罗斯被包括在这通用语的范围内。在外省的东欧和中欧诸首都，一个关于世界首都巴黎的神话诞生了。虔诚天主教徒的眼光，也许依然转向天主教会的首都罗马。但是开明人士、世俗人士、时髦追赶者则全都想知道巴黎知识沙龙刚刚发生过什么事情。法国相继出口其哲学家、革命、拿破仑领导下的战争，然后是小说，最后是诗歌和绘画的一场革命：象征主义、立体派、野兽派、超现实主义。现在所有这一切似乎是一个已经结束或接近于结束的时期，因为，正如拉丁语从教会和学校消失一样，认为法语是值得学习的欧洲青年人已愈来愈少，哪怕是为了充绅士派头而学习。然而，要了解很多欧洲国家的现代诗歌，我们必不可少地要知道两件熔成一体的金属——一件是土产的，一件是从巴黎进口的。

　　欧洲文学地图在向西方展示自己时，直到最近之前都包含大量空白点。英国、法国、德国和意大利拥有明确地位，但伊比利亚半岛只是一个朦胧的轮廓；荷兰、比利时和北欧是模糊的；德国以东那片空白，则可能会轻易被标上"狮子出没地"，这个野兽王国包括诸如布拉格（因为卡夫卡而不时被提到）、华沙、布达佩斯和贝尔格莱德这样的城市。要再进一步向东，莫斯科才出现在地图上。留在文化精英们脑中的印象，无疑也会产生重大政治意义，因为他们影响着统治集团的决策——难怪那些签署雅尔塔协议的政治家可以如此轻易地把这些空白区的一亿个欧洲人当作一笔亏损勾销掉。也许就是在那时，西东轴心才出现明确的断裂，而习惯于在思想中和著作中以他们超越维斯杜拉河、第聂伯河和多瑙河的普遍性而受称赞的巴黎知识分子，醒来时发现自己置身于地方主义的樊笼里。他们开始从大西洋彼岸寻找某些补偿，然而他们繁复的风格和思想在那里找不到多少追随者，哪怕在大学里。

在我青年时代，诗歌的学徒们如果是来自地图上的空白点,就得到巴黎接受短期或较长期的训练。我本人正是如此,尤其是受到家族中某个先例的加强,因为我有一位亲戚,我的远房堂兄奥斯卡·米沃什,在法国长大,并且是一位法语诗人。我年轻时抵达巴黎,后来我有很多机会惊讶于发生在我自己身上的剧变和发生在我那个位于德国以东的地理区域的剧变,与"花都"生活中的完美稳定性和延续性之 8 间的对比。半个世纪后,我写了一首关于这个题材的诗,这首诗比我的散文更好地解释了我刚才所说的。

绕过笛卡尔街

绕过笛卡尔街
我朝着塞纳河走去,羞怯,一个旅行者,
一个刚来到世界首都的年轻野蛮人。

我们人数很多,来自雅西和科洛什瓦尔、维尔诺和布加勒斯特、西贡和马拉

喀什，

　　耻于想起我们家乡的习俗，
　　不该告诉这里任何人的习俗：
　　为仆人鼓掌、赤足女孩跑进来、
　　分享带咒语的食物、
　　主人和屋里所有人①合唱祈祷曲。

　　我已把那些模糊的外省抛在背后，
　　我进入普遍性，为之目眩和充满渴望。

　　很快，很多来自雅西和科洛什瓦尔，或
　　西贡或马拉喀什的人
　　被杀了，因为他们想废弃他们家乡的
　　习俗。

　　很快，他们的同辈夺取权力

　　---------------

　　①　包括仆人。

为了以那些美丽的普遍性理念的名义
杀人。

与此同时,这座城市按它的本性活动,
在黑暗中发出瑟瑟的嘶哑笑声,
烤长面包,将酒倒进陶罐,
在街市场买鱼、柠檬和大蒜,
可以说对名誉、羞耻、伟大和光荣漠不
关注,
因为这些东西已经被完成并把自己转
化为
一座座没有人知道它们代表谁的纪念
碑,转化成
一首首几乎听不清的咏叹调和各式各
样的谈吐。

我再次倚着河堤粗糙的花岗岩,
仿佛我从地下世界旅行回来

突然间看见在光中旋转的四季的轮子，

里面帝国纷纷崩溃，曾经活着的人现在
已经死去。

9　　　没有什么世界首都，无论是这里还是
别处，

而那些被废弃的习俗恢复它们小小的
名声，

而我知道人类世代的时间并不像地球
的时间。

至于我的深重罪孽，有一件我记得最
清楚：

有一天我沿着一条小溪在森林里走着
时怎样

推动一块石头砸向草丛中一条蜷缩的
水蛇。

而我在生活中的遭遇，是正当的惩罚，

那迟早要抵达每个打破禁忌者的惩罚。

虽然普遍性的理念早已失去了它们对我们这些来自维尔诺、华沙或布达佩斯的人的吸引力，但这并不意味着它们失去了它们在各地的吸引力。那些以坚持原则之名屠杀柬埔寨人的年轻食人族，曾毕业于巴黎大学，他们只不过是试图实践他们学来的哲学理念。至于我们自己，由于曾亲眼目睹一个人怎样以教条之名侵犯当地习俗（也即几百年来缓慢地、有机地逐渐形成的一切事物）来达到某种目的，我们只能心怀恐惧地想起纠缠着人类心灵的那些荒诞东西。可以说，这心灵对一犯再犯的错误视若无睹。

我刚读的这首诗，有几个主题。它的主层面是忏悔，承认严重罪孽。不是因为杀任何生物是邪恶的——而是因为我来自立陶宛，在那里水蛇被认为是神圣的。农民的茅舍门槛前为水蛇放置着一碗碗牛奶。人们把水蛇与繁殖力联系起来，土地的繁殖力和家庭的繁殖力。还有，太阳爱水蛇。立陶宛有句民谚："别把死水蛇留在田里；埋了它。太阳看见死水蛇会哭。"*不用说，那个热情地用法语写作文、读保罗·瓦莱里的学生①，与水蛇崇拜本应没有什么共通点才对。然而，我本性中迷信的一面不管在以前还是现在，都比那些普遍性的理念要强烈，至少在诗歌创作的层面上如此。虽然罗马天主教反复给我灌输一种永久的原罪感，但另一个更原始的异教概念可能更强烈，也即因侵犯神圣事物而产生的罪疚感。

　　我无意太过强调这类地方性的异国情调。被文学艺术史家纳入考虑的其中一个最奇怪的规律，是那种同时把生活在彼此远离的国家中的人们连结起来的契合性。我甚至倾向于相信，时间本身的神秘实质决定了甚至那些互不沟通的文明之间在某个特

---

* 引自玛丽亚·金布塔斯《立陶宛民间艺术中的古老象征》，见《美国民俗协会纪要》第四十九期（费城，1958）。——原注

① 指米沃什本人。

定历史时刻的相似性。这样的论题也许会显得不着边际;因此让我仅限于谈论欧洲。在欧洲,一种共同风格连结着同时以不同语言写作的同代诗人们,这也许可用某种难以捉摸的潜移默化来解释,而不一定用直接借用来解释。但借用一直是普遍的。例如,在十六世纪和十七世纪交替之际,一个法国人可以读到一首有关罗马废墟的诗,诗的作者叫约阿基姆·杜·贝莱①;一个波兰人知道同一首诗是米科瓦伊·森普-沙任斯基②的作品;一个西班牙人却把它视为弗朗切斯科·德·克韦多③的作品;而那位被其他人毫无顾忌地改写的真正作者,却是一位默默无闻的拉丁语古典文化研究者、巴勒莫的亚努斯·维塔利斯④。交流的加速使得二十世纪诗人之间的潜

①　约阿基姆·杜·贝莱(1522-1560),法国诗人。

②　米科瓦伊·森普-沙任斯基(1550-1581),波兰诗人。

③　弗朗切斯科·德·克韦多(1580-1645),西班牙诗人。

④　亚努斯·维塔利斯(1485-1560),这是一个拉丁姓名,原名是Giano Vitale。

移默化和互相借用变得明显，就连华沙或布达佩斯，或我家乡维尔诺，也都在某个活动圈内。即使在遥远的纽约，二十世纪三十年代的文学团体也以他们的左派、马克思主义和"大众文学"忠诚地重复我们那个地方的文人的主要关注。此外，纽约文学界大多数是由来自东欧和中欧的移民构成的。

　　除了南北轴心和西东轴心之外，我还想讨论第三个轴心：过去未来轴心。在我们的时代，我们老是听人说，诗歌是一份擦去原文后重写的羊皮纸文献，如果适当破译，将提供有关其时代的证词。这样的断言是正确的——条件是不要以社会学中（包括文学社会学中）有马克思主义倾向的学派们喜欢采取的那种方式来理解。由于我在这类社会教条的困境中待过，我对它们的贫乏太清楚了，不想再在这里谈论它们，尽管我确实也曾经看过它们被巧妙地——以及滑稽地——应用过，就是在二十年代波兰前卫派关于哪种韵律是社会主义韵律的争吵中。不过，我倒是不怀疑，后代会为了试图理解二十世纪是什

11

么样子的而读我们,如同我们通过兰波的诗歌和福楼拜的散文知道很多有关十九世纪的事情。

　　显然,我是在思考诗歌正在确立什么样的证词来见证我们这个世纪,尽管我明白,我们仍然浸染在我们的时代中,我们的判断也就应预先被评估为不确定。让我以绕圈子的方式来讨论这个问题,就从莫扎特的歌剧《魔笛》和英格玛·伯格曼的同名电影开始。这部电影也许比任何其他电影都更能展示电影艺术可以做什么,尤其是在这个用电影日益完美的技术来贬低人的时代。《魔笛》把我们带进一种与我们生活的气候如此迥然不同的气候中,使十八世纪末的气息与我们时代的气息之间的反差变得很有启发意义。莫扎特这部歌剧的歌词,讲的是蒙昧主义的黑暗与理性的光明之间的斗争;神圣与理性并不是分离的,因为那圣殿——换句话说,共济会会所——把神圣特征赋予寻找智慧的人类心灵。此外,那智慧是以各种方式被设想的,"神秘会社"在整个十八世纪的扩散可作佐证,奥古斯特·维亚特[1]在其经典著作《浪漫主义的神秘来源》中对此有令人信服的探讨。在《魔笛》中,人在接受考验和入会之后,便可进入圣殿。那些不屈服于黑夜皇后种种变化莫测的魅力的人,将成为被选中的少数人,团结在一个共同目标下,分享如何为人类谋幸福的知识。请注意,该歌剧于一七九一年在维也纳首演——正是在那一年,华沙投票通过一部宪法,而这部宪法也是共济会的产品和法国大革命的衍生物。

那个时期的人,似乎对人类新纪元的来临充满信心、希望和信仰;对某些人来说,它似乎是一个太平盛世。他们之中很多人将在断头台上失去脑袋。另一些将追随拿破仑,经历他的失败,这次失败将在很长时间内成为一切希望的终结。尚有另一些人,他们将著书立说宣传乌托邦社会主义的方案。不过,他们全都被一个复兴和世俗化的理念所激励,而

---

① 奥古斯特·维亚特(1901-1993),瑞士历史学家。

这个理念早就被中世纪一位僧侣菲奥雷的约阿基姆①表达过了,他将历史分成三个时期:圣父时期、圣子时期和未来亦即圣灵时期。

即使今天,也很难弄清楚那个被称为浪漫主义的现象究竟是什么,尤其是鉴于这个术语在英国与在欧洲大陆的意思并不一样,甚至在不同的欧洲国家也各有不同的意义。浪漫主义诗歌是波兰文学的核心。我在波兰浪漫主义发源地立陶宛首都维尔诺市成长并完成学业。波兰浪漫主义发源于此,很可能不是偶然的,尤其是考虑到这座城市的特点。在我的青年时代,它仍旧是一座教堂和共济会会所的城市,曾在远征莫斯科时路过这里的拿破仑的马车,似乎刚于昨天离开。我那些大学老校友们——比我大一百岁——创办了入会者的秘密团体,如同《魔笛》中描写的那样。其中一位老校友成了最伟大的

① 菲奥雷的约阿基姆(1135-1202),意大利神秘主义者和神学家。菲奥雷为意大利古地名。

13　波兰诗人，我当然把自己视为他的弟子。我来自地图上的一个空白点，因此当我提到亚当·密茨凯维奇的名字时，我不能期望我的听众会有任何联想：这个名字在西方实际上无人知晓。如果我提到诗人亚历山大·普希金的名字，情况就会很不一样。但普希金的伟大性是建立在盲信上的，因为在翻译中难以领略他的高质素；他的声誉得到俄罗斯众多伟大散文作家的加强。他的波兰同代人密茨凯维奇，也同样不可译。他的诗可以说重启了波兰诗歌的整个历史，波兰诗歌最初是受拉丁古典主义影响的，接着受启蒙时代的法国古典主义影响。不只是诗歌技巧使密茨凯维奇成为启蒙时代的继承者。在他身上，启蒙运动的哲学既被否定，又被接受为通向未来的一种基本的乐观主义，这乐观主义也是对圣灵时期的一种信念，相信太平盛世会来临。在很多国家，这似乎为理性时代和我想称之为狂喜时代的十九世纪上半叶之间提供了一个连接。诗人威廉·布莱克对哲学家们的理性主义持敌视态度，如果绕过他的预言,我们就无法理解他:他预言人将在与黑夜、寒冷和幽灵般的自我作斗争中取得胜利。

在罗马与拜占庭的边界上,波兰诗歌成为牢不可破的希望的所在,免疫于各种历史灾难。这个希望,似乎可追溯至莫扎特写《魔笛》的时代,或追溯至狂喜时代。但只是表面上如此罢了。实际上,它的根源还要早几百年。它似乎是从这样一种信仰吸取力量:它相信世界基本的善,而世界是由上帝之手和乡下人的诗歌支撑的。波兰诗歌中最重要的作品是密茨凯维奇用诗歌讲述的故事《塔杜施先生》,这是他一八三二年至一八三四年在巴黎作为政治难民时写的。这部诗,以立陶宛农村为背景,颂扬采蘑菇和煮美味咖啡的愉悦;描写打猎和盛宴;带着赞叹谈论树木,仿佛它们是人;赋予日出和日落特殊的意义,将它们视为一个安详而滑稽的玩偶剧场里升起降落的帷幕。这部诗体裁独特,是世界诗歌中的奇葩,至今依然保持其作为每位波兰诗人床头读物的地位,甚至可能还是这个讲座的内容的来源。

14

这便使我回到过去未来轴心。诗歌的命运取决于诸如席勒和贝多芬的《欢乐颂》这样的作品是否可能。要成为可能,就需要有一些基本信心,即需要有一种意识,意识到开放的空间感就展现在个人和人类面前。做一个二十世纪的诗人意味着要接受各种悲观主义、讽刺、苦涩、怀疑的训练,这究竟是怎样发生的呢?这方面,在我的青年时代与本世纪即将走向结束的现在之间,没有什么大的差别。也许,最近这几十年的特点,是消极态度已变得如此广泛,以致诗人们已被普通人赶超了。在青年时代,我感到发生在我们星球上的一切都是彻底荒谬的,是一个有坏结果的梦魇——而事实上,这已在集中营和毒气室周围的铁丝网中得到了完美的表达。作为在波兰浪漫主义作家影响下成长的人,我显然要寻找他们那个开放的未来与我们这个充满大灾难的未来之间的强烈对比的原因。今天,我认为,可怕的灾难性事件的清单可能会改变,但某种心态却恒定不变。这种心态先于对绝望的具体理由的看法,绝望的理由是后来才有的。

　　让我们举若干美国的例子。在一个其开国者们承认受启蒙运动哲学影响的国家,沃尔特·惠特曼绝不是反常的。他是这样一位诗人,对他来说未来就像理性时代和狂喜时代那样,是开放的。但是,他逝世二十多年后,一切都改变了。那些侨民诗人厌恶现在和未来;他们把目光投向过去。你很难在T. S. 艾略特的《荒原》中找到任何明天,而哪里没有明天,哪里道德说教便登场。他的朋友埃兹拉·庞德《诗章》中理念的混乱,宣布了一种反动的政治选择。自我放逐到太平洋岸边,对社会怀有敌意的罗宾逊·杰弗斯①,创造了一种英雄式的"非人性",其中根本就没有为未来的方向留下位置:

15

　　　　　　另外也请看看

　　　　文明如何迅速粗俗化和衰朽;它那些较

_____

　　①　罗宾逊·杰弗斯(1887-1962),美国现代诗人。

好的品质、远见、人道、对真理的

无私尊敬先死;最坏的将是最后的

(《双斧》中的《德黑兰》)

虽然艾伦·金斯伯格动机很不一样——我会说,相反——但是他的《嚎叫》为惠特曼式诗歌的历史加了冕,该历史一度被用来歌唱前面的大路。可现在我们有的是绝望,绝望于人类被囚禁在邪恶文明里,在一个摆脱不了的牢笼里。

要把这种希望的丧失与作家提出或批评家猜测的原因分开,是不容易的。我以为,我们是在与某种真实的东西打交道,而不是与幻觉,可我暂时不打算作解释,不想堆砌一些乍看除了黑暗色调之外没有任何共通点的例子。

我听到反对声,那也是我自己的反对声。毕竟,这是一个充满乌托邦希望的世纪。人们以它的名义死去,人们以它的名义互相杀戮——而那个希望已经以一场革命的面目出现,其目标是以国家垄断和计划经济来取代金钱那不祥的力量。过去数百年来，那垂直方向——人把目光投向天堂——在欧洲已逐渐被一种水平的渴望取代：人类那永远是空间性的想象力已经用"前面"来取代"上面"，而那"前面"已被马克思主义认领去了。俄国革命在各地释放了伟大能量和伟大期待。然而，等待着的却是很多失望。事实证明，艺术家、作家和学者对新人和新世界的前景是最敏感的，因此他们的希望亦经受特别严峻的考验。西班牙内战展示了他们的两难困境："如果你反对法西斯主义，那你就站在我们一边；因此你必须赞成苏联的极权制度。"这个困境现仍在重复着。我在巴黎住了很多年，我注意到我的法国同行们绝望的努力，他们都不顾明显的事实，而想保持自己的信念，坚信历史的目标可以迅速实现。

　　这是否意味着我们这个世纪弥漫着希望？也许是，但诗歌却没有证实这个印象，而诗歌的见证要比新闻更可靠。如果有什么东西不能在更深的层面上也即诗歌的层面上验证，那我们就要怀疑其真

16

确性。我们知道,作者们的意见并不是了解他们的著作的可靠钥匙。他们的著作甚至可能与他们的意见背道而驰。在我们的世纪,很多作家选择革命,但在他们的著作中,人并没有被表现为值得改变而是被描写成一只"臭虫"——这是马雅可夫斯基一部戏剧的名字。他们通过乞灵于他们的重大任务也即批判资本主义,来证明那幅黑暗图景的正确性。然而,在譬如贝托尔特·布莱希特的例子中,尖刻和奚落是如此渗透他戏剧的核心,以致布莱希特所假定的人能够获得的清晰意识使我们不禁想起那些实际上以描写罪恶为乐事的基督徒作者们著作中所假定的拯救。

我们可以提出这样一个论题:市场经济环境下生命的非人性,造成文学艺术中人的形象如此阴暗。毕竟,布莱希特首先是纳粹主义诞生地魏玛共和国的诗人,如同在绘画领域格奥尔格·格罗斯①是魏玛

---

① 格奥尔格·格罗斯(1893–1959),德国画家。

共和国的肖像画家。确实，在俄国革命六十年后，现在应该是在那些所谓的社会主义国家的诗歌中寻找一点乐观主义的最佳时机了。如同诗人们的意见常常与见诸他们笔端的东西不一样，修辞术也常常被当成诗歌且成为诗歌暂时的替代物。革命之后，马雅可夫斯基写了不少巨人症般令人惊叹的修辞术诗歌。然而，真理却不居住在那里，而是居住在奥西普·曼德尔施塔姆和安娜·阿赫玛托娃温声细语的诗中，他们在革命后的俄罗斯目睹陀思妥耶夫斯基最令人沮丧的预感获得证实。阿赫玛托娃写道："鄂木斯克的囚徒知道一切，并对一切不抱希望。"同样地，那些在第二次世界大战之后被纳入苏联轨道的国家的诗歌，也都没有证实该制度所作的任何欢乐承诺。相反，反讽和挖苦被譬如波兰诗歌提炼至非常的高度，尽管这诗歌是反抗的诗歌，而悖谬的是，正是这反抗使它保持活力。

因此，如果我们在我们这个世纪的诗歌中听到一种小调式，那似乎不算犯错。我猜，一个以另一种

17

调式写作的诗人，会被认为是老土，并被指责生活在愚人的乐园里。然而，生活在怀疑和灰心的困境中是一回事，喜欢它则是另一回事。某些心态是不正常的，这种不正常是指它们变得敌视某些真实而不是想象的人性法则。如果我们知道自己被禁止沿着某条直线向前走，如果我们走到哪里都碰到墙壁，它迫使我们转过身回到起点，亦即迫使我们兜圈，我们就会感到不舒服。然而，能意识到二十世纪诗歌见证了我们对世界的感知存在着严重混乱，这本身也许已是自我治疗的第一步。

重要的是与某些被太过普遍地视为理所当然的态度保持一定的距离，学会不信任某些甚至已变得难以觉察的习惯。如果说今天的时尚是探讨这个或那个历史时期特有的语言结构，试图找出这些语言结构在多大程度上决定该时期的整体思维方式，那么我们没有理由不把怀疑也投向我们自己的世纪。诗人们所表达的阴郁视域的基础，应在一定程度上作为附带说明来看待，至少直到我们可以把它们拿

18

来跟其他较少提及的因素一并讨论为止。既然我提到自我治疗，我应补充一句，反省悲观主义并不能确保我们有一个乐观结果，因为我们可能会发现它是合理的，至少是部分合理的。

　　我们不妨提出这样一个假设，即本世纪诗歌中的阴郁视域一直在逐渐增长，而若想寻找其原因我们就必须回到我们祖先的诗歌。今天的诗人很清楚现代诗也有自己的历史，自己的祖先、英雄、烈士。并非偶然的是，波德莱尔、兰波和马拉美都是法国人，因为他们的诗歌诞生于法语仍是欧洲文化的语言的时代。这种新诗歌诞生于欧洲文化内部一次深刻的分裂，诞生于各种截然相反的哲学和生活方式之间的一场冲突。随着一八四八年而来的，是狂喜时代走向终结和进步时代抬头。那是无往不利的科学世界观、实证主义、新发明欣然获得接受，技术得意洋洋踏步前进的季节。但是，地下已经存在，而地下知道蠕虫藏在美丽的苹果内。地下的声音可在陀思妥耶夫斯基和尼采的作品中听到，尼采预言了他所称的欧洲虚无主义的升起。在诗歌中,波希米亚宣布自己的异议,试图以它自己不同的价值标准,甚至以不同的服装,来反对中产阶级庸夫俗子,并把人分成值得接受艺术圣餐的精英和只配吃普通面包者。这里,重要的是由法国象征主义者们简明地提出的一个信念:"头脑正常"的市民仍固守着的价值标准已经死了,其基础也即宗教已从里面烂到外面,艺术要接管宗教的功能,成为神圣事物的惟一居所。象征主义者发现诗作为自治、自足的单位这个理念,诗不再是描写世界,而是代替世界而存在。

　　二十世纪的诗歌继承了波希米亚与市侩之间的争吵,这是我们不应忘记的。这并不是为迎接一个严峻现实而做的最好准备,那个现实随着时间十年十年地消逝而愈来愈变成庞然大物,愈来愈不祥,愈来愈无法被心灵所捉摸。波希米亚的遗产为现代和后现代诗歌的至少某些特点提供了一个解释,这些特点使得它与以希望之名而写的诗歌十分不同。

19

二　诗人与人类大家庭

在二十世纪上半叶，有一位法国诗人与当时流行的诗歌观念完全脱节。在有生之年，他仅为一小群诗友所知晓。在一九三九年逝世之后的数十年间，他的名声扩散到较大的圈子，他的著作被译成几种语言。不过，他依然是一位仅为相对有限的读者所认识的作家。这位诗人，叫作奥斯卡·米沃什，署名时他一般使用O. V. 德·L. 米沃什。他来自立陶宛大公国，是我一位远亲。我在这里乞灵于他，是因为我想介绍他的诗观，我认为他的诗观是颇为切题的。 23

由于他在讲英语的国家里实际上没人知晓，因此我必须简略介绍他。美国对他而言，是他一生的朋友、任教于普林斯顿大学的克里斯蒂安·高斯的国度。他只有一本薄薄的诗集于一九五五年在美国出版，译者是肯尼思·雷克斯罗斯，这本诗集如今已成为藏书家的珍本。奥斯卡·米沃什生于一八七七年，虽然他像纪尧姆·阿波利奈尔-科斯特罗维茨基①那样，有一个异国情调的出身，但他是法国诗人，当他一八九九年初登文坛时，他被视为象征主义第二浪潮的一部分。因而，他所作的某个选择，就显得更加奇怪了：他自愿在精神上栖居于一个较早的欧洲历史时期，十八世纪末和十九世纪初，并且对后来欧洲文明发生的事情持不信任态度。他的世界主义教育背景可能是一个原因，因为他精通多种语言，青年时代着迷于德国诗歌，着迷于海涅，尤其是着迷于

---

① 纪尧姆·阿波利奈尔-科斯特罗维茨基（1880-1918），法国超现实主义诗人，一般称为纪尧姆·阿波利奈尔，其母亲为波兰人。

歌德,后来又着迷于荷尔德林,后者是他在一九一四年发现的。

即便如此,他对于他自己时代的评价却是悲观的。他称他的世纪是"一个闹哄哄的丑陋时代",他诗中现在的形象并不比艾略特或庞德诗中的现在更欢欣。然而,有某种东西使他与现代诗那些代表人物截然不同:他坚持太平盛世主义,相信新纪元将会到来——不管我们用什么来称呼它——布莱克心目中的"新耶路撒冷"或欧洲大陆浪漫派心目中的"精神时代"。根据奥斯卡·米沃什的哲学著作,这个新时代将在一场末日式的大灾难之后出现,这场大灾难发生的时间,他定为一九四四年左右。他所称的"世界大火"也许是指原子武器的爆炸,这种事情在二十世纪二十年代和三十年代是难以想象的。至于那个新纪元,我们仍在等待它出现。据他说,这样一场复兴将伴随一种新科学而来,这新科学将摆脱牛顿式物理学,并从爱因斯坦的发现中得出激进的哲学结论。但我关心的不是这些预言的真实或错误。

只要指出一点就够了：由于他倾向于未来，他属于一个包括威廉·布莱克和波兰浪漫主义诗人在内的家庭。他相信他将被遥远的后代所阅读和理解，那些后代将比他自己那代人更幸福，因为他们将生活在一个恢复了人与宇宙之间和谐关系的时代。他与当代诗歌保持距离，他在当代诗歌中看到的是一个全然混乱的形象。我从不掩饰我青年时代对他的作品的熟悉，以及我们的个人接触，在一定程度上决定了我自己做诗人的方式，使我倾向于抵制文学时尚。这里，我将分析奥斯卡·米沃什的一个作品《关于诗歌的一些话》，写于一九三〇年至一九三七年之间某个时间，并在许多年后，作者逝世后才在法国出版。它以简洁的形式，提出了在他别的著作中也可以找到的观点。

在开场白中，诗歌被定义为自人类开始以来，自穴居者那些神奇的仪式以来，就是人类的友伴。它永远是"原型的组织者"，以及——最重要的是，在这里对我特别有用——"对真实的热情追求"：

那神圣的文字艺术，仅仅因为它从宇宙生命的神圣深处涌出，在我们看来便比任何其他表达形式都要紧密地与那精神和物质的运动联系在一起，它是那运动的催生者和指导者。恰恰是基于这个理由，它使自己与音乐分离，后者是一种自泛希腊主义的黎明以来就基本上有效的语言。分离之后，它便参与了宗教思想、政治思想和社会思想持续不断的变化，并主宰它们。在原始时代以司铎的形式，在希腊殖民扩张时刻以史诗形式，在酒神节衰落时以心理和悲剧形式，在中世纪以基督教、神学和感伤形式，自第一场精神和政治改革——也即文艺复兴——开始以来以新古典主义形式，最后以浪漫主义也即一七八九年之前和之后既是神秘的又是社会的浪漫主义形式，诗歌始终紧跟着人民那伟大灵魂的种种神秘运动，充分意识到自己那可怕的责任。

诗歌是节奏的艺术,却基本上不是一种像音乐那样有效的沟通手段。诗歌的语言使它可以参与并主宰"宗教思想、政治思想和社会思想持续不断的变化"。奥斯卡·米沃什的时间原型是动态的(如同威廉·布莱克的)和历史的运动,它以三联组的面目出现:天真的时期、堕落的时期和恢复天真的时期。然而在另一方面,这位法国诗人却继续忠于浪漫主义时代,他选择它作为自己的时代:诗歌必须意识到自己"可怕的责任",因为诗歌不是纯粹的个人游戏,它还赋予"人民那伟大灵魂"的种种愿望以形状。可能正是在这里,我们应寻找奥斯卡·米沃什疏离其当代法国氛围的原因。他高度刁钻,贵族气,其生活方式十足像个后期象征主义者,他不寻求那类可使他赢得盟友的社会方案。与此同时,他不相信诗歌可以不受惩罚地背对公众:

26

  继歌德和拉马丁——那位写"苏格拉底之死"的伟大、非常伟大的拉马丁——之后,诗歌在迷人的德国浪漫主义小诗人的影响下,以及在埃德加·坡、波德莱尔和马拉美的影响下,遭受了某种贫乏和狭窄,这贫乏和狭窄在潜意识领域把诗歌引向一种无疑是有趣的,有时候甚至是瞩目的寻找,然而这种寻找被一种美学的,且几乎总是个人主义的风气带来的成见所玷污。此外,这种小小的孤独练习,在一千个诗人中的九百九十九个诗人身上带来的结果,不超过某些纯粹的词语发现,这些发现不外乎由词语意料不到的联系构成,并没有表达任何内在的、精神的或灵性的活动。这种不幸的偏移,导致诗人与人类大家庭之间出现分裂和误解,这分裂和误解持续到现在,并且还会持续下去,直到出现一位伟大的、受神灵启示的诗人,一位现代荷马、莎士比亚或但丁,他将通过放弃他那微不足道的自我、他那常常是空洞和永远是狭

小的自我，加入比以往任何时候都更有活
力、更富生机和更痛苦的劳动大众那最深
刻的秘密。

二十世纪诗歌遭受了"贫乏和狭窄"是因为其兴
趣局限于"一种美学的，且几乎总是个人主义的风
气"。换句话说，它退出所有人共有的领域，而进入
主观主义的封闭圈。我意识到这里的术语陷阱，因
为作者显然是反对从个人观念的角度看待客观存在
的世界。然而我们大致可知道他心里想什么。他不
同意仅仅把诗歌视为"小小的孤独练习"，并要求一
首诗应是他所称的内在活动的表达。这里他很可能
是指把个人经验普遍化的行为。米沃什因而抨击了
现代诗学的一个基本宗旨：它被法国象征主义者们
编成法典，并且此后一直在以多种形式重新出现。
它是这么一个信条，认为真正的艺术不能为普通人
所理解。但那些普通人是谁呢？一整个社会结构都
被反映在这样的信条里。在十九世纪的法国，无论

27

是工人还是农民，都不被视为艺术消费者。剩下的就只有中产阶级及其坏品位，这种坏品位也许在拉雪兹神甫墓地①那些墓碑上达到高峰。对波希米亚来说，那个阶级已成为憎恨的对象，他们还将写作视为一种直接针对这个阶级的活动。如果奥斯卡·米沃什提到马拉美是唯美主义的推广者，他也大可提到福楼拜，因为对福楼拜来说，写作的核心正是那个誓要驳斥中产阶级的意志。但福楼拜是在驳斥中产阶级还是在驳斥生活，这是说不清楚的，因为对福楼拜来说，普通人代表了一般的生活，它沉闷如潮虫的生存。自此，艺术与公众分离便成为一个既成事实。在二十世纪，各种流派和宣言可分成两大阵营：一方是赚钱花钱者，连同他们对工作的崇拜、他们的宗教和他们的爱国主义；另一方是波希米亚，他们的宗教是艺术，他们的道德是否定另一阵营承认的所有价

① 前称东墓园，为巴黎市区最大墓园之一，亦是第一次世界大战纪念墓地之一。

值。某些运动,例如美国的"花孩儿",代表着波希米亚态度的奇迹般繁殖。在欧洲,自十九世纪中叶起,诗人就一直是外人,是反社会的个人,至多也不过是

某个亚文化的成员。这便造成"诗人与人类大家庭之间的分裂和误解"的永久化。《关于诗歌的一些话》的作者,绝不是什么马克思主义者,他的话不应被视为呼吁有社会承担的诗歌。不过,他却认为未来属于工人,并认为上层阶级的文化是颓废的。未来那位真正受神灵启示的诗人将超越他那微不足道的自我(用威廉·布莱克的话说,是他那"幽灵自我"),并且与那些精英诗人相反,他将表达那些现正获解放的被践踏的人民无意识的热望。他将穿透"比以往任何时候都更有活力、更富生机和更痛苦的劳动大众那最深刻的秘密"。让我进一步引用奥斯卡·米沃什:

> 因此,在约一百年间,文人在诗中或在韵文中表达自己的活动,一直是——实际上

全部是在追求"纯诗"这一标志下进行的。这两个字流露出那些把这两个字结合在一起的人的某种有点儿幼稚的先入之见，需要更精确的定义。很不幸，这两个字要经过一个漫长的淘汰过程，才多多少少变得可辨。如果它们有任何意义，那就是指这样一种诗歌：它把宗教、哲学、科学、政治从其领域内清除出去，甚至消灭所有其他艺术分支的方法和倾向可能对诗人产生的影响。因此"纯诗"将是一种自发性的诗歌，并且将是最深刻和最直接的诗歌。

在这段话里，矛头直指精英们神圣不可侵犯的信仰，他们为自己保留了欣赏"纯诗"的能力，同时把主题性的、多愁善感的和夸张的艺术让予市侩者。差不多同时，奥尔特加-加塞特[①]写了他那篇著名的

---

① 　奥尔特加-加塞特(1883-1955)，西班牙哲学家和随笔家。

《艺术的非人性化》，修道院院长亨利·布雷蒙①则于一九二五年在法兰西学院的穹顶下，发表了他关于纯诗的演说，从而把纯诗正典化。他宣称，纯诗包含各种声音的妙不可言的混合，如同神奇的咒文，而不管它们有什么意义。他引用拉辛的一行诗作为纯诗的例子："弥诺斯和帕西法厄的女儿。"②纯诗与试图把绘画从"内容"和从模仿自然中解放出来的做法相似。各种艺术分支在这迈向纯粹性的奋斗中竞争，有时取得令人吃惊的效果。如果说音乐可较轻易地走这条路，而绘画则倾向于抽象的话，那么想象戏剧中的"纯动作"就较困难了。然而，纯动作在理论上也被介绍到戏剧里来了，而且也有某种程度的实践，实践者是两个同时创作却不知道彼此存在的怪人：

---

① 亨利·布雷蒙(1865-1933)，又译白瑞蒙，法国文学批评和天主教哲学家。

② 语出拉辛《费德尔》，乃是《费德尔》人物表中对费德尔的介绍。弥诺斯和帕西法厄是夫妻。帕西法厄与一头白公牛生下人首牛身怪物弥诺陶洛斯。

一个是波兰人斯坦尼斯瓦夫·伊格纳齐·维特凯维奇①，一个是法国人安托南·阿尔托②。

我的法国堂兄不是那种"把宗教、哲学、科学、政治从其领域内清除出去"的诗歌的支持者。毫无疑问，这种诗歌就是纯诗展开的方式，因为即使它使用来自人类心灵中非诗歌活动的概念和意象，它也是为自己的目的而使用。过去的诗人是不"纯"的。就是说，他们没有给诗歌指定一片狭窄的领土，没有把宗教、哲学、科学和政治留给被假设不能分享精英入会仪式的普通人。再次，让我回到奥斯卡·米沃什的论文：在他看来，纯诗无法定义，其意思是某种纯抒情。因此，任何定义它的企图也许都应该放弃：

我们也许听说纯诗虽然表面上难以捉

---

① 斯坦尼斯瓦夫·伊格纳齐·维特凯维奇（1885–1939），波兰戏剧家、小说家和艺术家。
② 安托南·阿尔托（1896–1948），法国诗人和戏剧家。

摸但实际上是存在的,因此只要拥有必要
的能力就可发现它。我们接着应谦卑地
问,那些有贵族精神的人在哪里找到它,以
及在哪些作品中找到它;以他们精英的灵
魂,他们显然不会像瑙克拉提斯或米利都
的脚夫那样陶醉于荷马,像佛罗伦萨工人
和威尼斯船夫那样陶醉于但丁,或像伦敦
街头的阿拉伯人那样陶醉于莎士比亚。纯
诗:它是不是尤利西斯与求婚者们的战斗,
埃涅阿斯下冥府,《神曲》、《歌谣和祈
祷》①、《仲夏夜之梦》、《贝伦尼斯》第五幕
和《浮士德》结尾的天堂? 它是不是《尤娜
路姆》②、《蓓蕾尼丝》③、《牧神的午后》④?
或,更直接些,它是不是我们时代的诗歌,

---

① 法国诗人维庸诗。
② 爱伦·坡诗。
③ 拉辛剧名。
④ 马拉美诗。

那种找不到读者的诗歌,那种"未被承认"的诗歌,那种诸如我们,甚至不读彼此作品的我们无一例外都是的平庸者的诗歌?

作者的思想,要比第一眼看上去的多几分讲究。他挖苦地谈到有贵族精神的人和"精英的灵魂",但不是因为他所抨击的人拒绝写某种现在可被希腊脚夫、意大利工人或伦敦街头阿拉伯人欣赏的诗歌。很可能没人写得出这种诗歌,因为二十世纪的诗人是天生被孤立的,失去公众,"未被承认",而人民的伟大灵魂则沉睡着,没意识到它自己,只有在过去的诗歌中才知道它自己。(任何人听过意大利的普通人背诵但丁的诗歌,都知道那古老诗歌的伟大生命力。)至于今天的诗人,他们是"平庸"的,全部都是,包括作者本人,他也对自己宣布严厉的裁决。但至少他没有像那些精英的灵魂那样沦为幻觉的受害者。

这就提出了诗人的焦虑这个问题,这焦虑在他们每次遇到普通人时都会发作：在这类时刻，他们感到自己的高雅，感到他们那种使自己变得难懂的"文化"；因此他们感到自己可能成为普通人嘲笑的对象，后者觉得他们的职业是无男子气概的。当他们试图通过"把他们自己降低至他的水平"来迎合他时，结果是不好的，诗歌并不配合这些强迫性的操作。刚才援引的米沃什段落，并不是提出应怎么做的标准；它只是对这现象作出一个诊断。这现象现时依然存在于美国，因为在美国，诗歌作者和读者都来自大学校园。诗人和学生对诗歌的兴趣的扩大，不应掩饰一个事实，即在这一切背后，精英与普通市民之间互相怀着敌意，这种敌意也许自从法国"怀才不遇的诗人"的时代以来就未减弱过。此外，譬如说在美国，诗歌的销量是很低的，这本身即是一个有效的指示器。

31

《关于诗歌的一些话》写于近半个世纪前。此后的历史事件已证明奥斯卡·米沃什的诊断是正确的。因为当灾难降临整个社群，例如纳粹占领波兰，

"诗人与人类大家庭之间的分裂"便消失了,诗歌变成跟面包一样必不可少。我可以预料有人会提出反对,认为不可以拿诸如战争和抵抗运动这样的特殊情况来做标准。然而在纳粹占领下,波兰地下力量的阶级壁垒开始被打破;这乃是一个进程的开始,该进程后来在波兰共产党统治下加紧了,直到最后另一个社会逐渐形成,也就是全世界所看到的一九八〇年八月波兰工人罢工那种社会。在这个新社会里,一本印数十五万册的诗集在几小时内卖光是很常见的;工人与知识分子之间的分裂也在减弱。在美国,二十世纪六十年代的青年造反运动,预示了诗人与听众之间的一种新关系,它具有持久的影响力,并且在一定程度上减少了诗人的孤立。

回到奥斯卡·米沃什:

可以这样断言,既不带偏见也无意沉溺于悖论,即近百年来世界上未产生过一个诗人,我是说,真正可以与那些大河之一相

比的诗人,那些大河对平底船和镀金的大
帆船同样接纳,以它们奔腾而深沉的流水
雄浑地承载较好和较差的,肥沃的淤泥和
沙子,但永远以一种无比奇妙的奏节和流
动奔涌着,整体上提供一个神圣事物稳定
不变和世世代代消失更迭的形象。

这些文字直接针对诗歌中的纯粹性并赞美"不纯粹"
的诗歌,读者读到这里不能不想起沃尔特·惠特曼,
他似乎符合上述各项条件。读者也必定觉得奥斯
卡·米沃什更接近我们的感受力而不是三十年代的
感受力。

下面一段话需要我先作一番介绍。奥斯卡·米
沃什在巴黎认识奥斯卡·王尔德时,还十分年轻,而
后者已是一个老人。他根据王尔德的血统,把他称
为"一位爱尔兰诗人"。还有一点应该提到:虽然拜
伦在当时拥有的赞赏者并不比今天多,但奥斯卡·
米沃什能背诵拜伦的很多诗节。

32

在本质上,对纯诗的追求直接源自那些叫作"唯美"的流派的矫揉造作。它在一八九五年左右已在巴黎第一家美国酒吧"卡利萨亚"以各种名目成为我们讨论的主题。该酒吧的常客包括我的朋友奥斯卡·王尔德和莫雷亚斯[①]。我永远不会忘记在我们讨论唯美主义的伟大祖宗雪莱的过程中,当我表示我更喜欢拜伦时,这位爱尔兰诗人向我投来的不赞成的目光。诗人拜伦,这位古典诗人蒲柏的信徒;拜伦,他在他那部最人性又最不浪漫的崇高的诗《曼弗雷德》中毫不犹豫地采用了那永恒的普罗米修斯主题,并以他自己的方式处理它。

据《关于诗歌的一些话》的作者说,他那个时代的诗歌是"处于衰落中的世界中产阶级的后裔",基于这

---

① 莫雷亚斯(1856-1910),法国诗人和批评家。

个理由,诗歌如果要在将来存在,就必须与其直接前辈彻底决裂。但这个发展将不会仅仅依靠诗歌。米沃什预言人类所有活动领域都将发生一次大转变,一次新的文艺复兴;一如我说过的,他是一位太平盛世论者。新文艺复兴将主要是后爱因斯坦物理学的结果。

明天的诗歌将诞生于这场此刻开始发生在我们眼前的科学和社会转变。(第一次世界)大战是资本主义和帝国主义最后一次或倒数第二次跃进,它仍在等待着它的代表诗人。因此,就让诗歌心平气和地用耐性武装自己吧。是事件的精神后果而不是事件本身召唤那位受神灵启示的人。俄国革命希望人工地创造其代表诗人。然而,机械地实行唯物主义教条是不能产生新社会秩序的,更别说产生诗人了。

33

让我们回想一下曾被威廉·布莱克大量借用的伊曼努尔·斯维登堡[1]，他把最后审判的日期定为一七五七年，尽管没有任何外部证据表明发生过这样的审判。同样地，生于斯维登堡最后审判年的布莱克也在他的预言书中宣称一个将在现象表面之下秘密升起的太平盛世，并认定他自己在为这个太平盛世做准备的过程中扮演了关键角色。奥斯卡·米沃什不知道布莱克，两人之间的契合，也许是因为他们都受益于斯维登堡。斯维登堡认为，在他有生之年已出现了一场科学和社会转变，并为一次新的文艺复兴做好了准备。然而，从我们的角度看，我想补充一句，第一次世界大战找不到它的代表诗人是因为它与第二次世界大战仅相隔二十年，实在太短了。另外，诗歌以前没有，现在也仍然没有做好足够的准备去领会那些在本世纪犯下的滔天罪行，也没人清

---

① 伊曼努尔·斯维登堡（1688-1772），瑞士科学家、哲学家和神秘主义者。

楚"事件的精神后果"。另一方面,奥斯卡·米沃什关于俄国革命的说法已被证实。俄国革命的代表诗人马雅可夫斯基自杀的意义远远超乎个人。马雅可夫斯基的作品和他的死亡,都突出了十九世纪俄罗斯知识分子的典型矛盾,这些矛盾在革命的残忍之光下暴露无遗。

《关于诗歌的一些话》的作者预言"小行星地球"将迅速一体化,预言将出现一种新科学和新形而上学。他甚至试图想象未来的诗歌将是什么样的:"新诗歌的形式最大的可能性,是圣经的形式:一种被强力灌输进韵文的广阔散文。"因此某个特定时代的诗歌的状态,也许可以印证文明那维持生命的泉源到底是充满活力还是已经枯竭。通过观察当代诗歌,奥斯卡·米沃什得出悲观结论,而如果拿他的评估与 T.S.艾略特或埃兹拉·庞德或 T.E.休姆的评估作比较,会十分有趣,因为这些大致同时代的诗人都对现代技术文明作出了不利的裁决。主要分歧似乎包含于有保守倾向的诗人身上所体现的回归神话。

34

我的堂兄列举荷马、但丁和莎士比亚的名字,似乎还表明了弥漫于我们文明不同阶段的怀旧:古老的东西被理想化,古人更好,后人已衰落。

然而在艾略特以及一定程度上在庞德那里,某个准则被放置在过去,其时间模式是后退的,未来则不允应任何好东西。这与奥斯卡·米沃什的情况截然不同。对他来说,通过某种选择而回到古老的感觉方式是不可能的,诗歌的"偏移"仍将是不可扭转的,直到一场伟大的科学和社会转变催生新诗歌;否则这样的转变就不会发生,而灾难将降临全人类。因此,他的时间模式是前进的,他的目光怀着希望或恐惧投向未来,而这证实了他与他所选择的十八世纪末和十九世纪初的契合。

对未来米沃什并非不怀恐惧。虽然《关于诗歌的一些话》宣布将有伟大的复兴,但是其最后一段却承认可能会有不同的结果:

很有可能这些都不会发生,而当今憔悴

的小诗歌只是最后耗尽和衰老时的傻话。但这将不是艺术枯竭的征兆，而是人类终结的征兆。谁知道呢？也许我们比我们自己想象的、比柏拉图的蒂迈欧自己想象的更老、更腻、更远离上帝。如果是这样，则我们就无事可做了，除了希望至少会有一个新的以西结出现，并希望他会像古代的以西结那样知道如何在闪电中叫喊：末日！末日已降临大地四角！现在末日降临你们！

35

在我们讨论的这个文本开始时，我们读到一个谜一样的句子：诗歌"比任何其他表达形式都要紧密地与那精神和物质的运动联系在一起，它是那运动的催生者和指导者"。值得注意的是，作者使用的字眼，不是"进步"而是"运动"（大写），这有很多含意，因为进步含有线性上升之意，而运动则强调不断的变化和一种不同对立面的辩证作用。本质上，诗歌产生运动、变化，也许甚至可以在科学发现的起源中找到它，即便不是直接找到也能透过潜移默化找到。诗歌还发挥了运动的"指导者"的作用，我们也许可将此解释为每个历史时期的语言都是通过诗歌来获得其确切形状的。

由于人类现实被设想成受到不断运动、受到可变性的影响，因此奥斯卡·米沃什在其阐述中似乎更接近诸如贝托尔特·布莱希特和巴勃罗·聂鲁达这样的诗人，而不是那些现代嘲讽者，对这些嘲讽者来说现有的社会结构是难理解但稳定的。我怀疑，他的写作，以及我与他的谈话，帮助我在很长时间里不知不觉地形成了一种吸纳马克思主义的方法。它建立在这样一个信念上，即马克思主义者们触到了二十世纪那些最根本的问题，这就是为什么我们不能视若无睹地绕过他们的理论。然而，我们不能太信任他们，因为他们常常从正确的前提得出错误的结论，永远屈服于他们自己的教条的压力，以扭曲事实来适应这些教条。不管怎样，这里可能存在着一个误解：如果我青年时代确实赞成左派，那么我又怎样会同时受一个神秘主义者——人们常常用这个标签来形容我的堂兄——影响？在三十年代，这似乎是一个严重的矛盾。经过这么一段时期，现在回头看，我一点也不觉得矛盾。

36　　　一九三一年，在维尔诺市，一个文学团体"火炬社"诞生了，我是创办人之一。这件事发生在一九二九年美国股市崩溃之后不久，这次股市崩溃造成的巨大后果并非只局限于美国。欧洲国家失业率上升，在德国达到八百万人；在资本主义进入衰落之际，似乎只有一场革命才可以把世界从饥饿和战争中拯救出来。不幸地，在邻国德国酝酿的革命，将是一场国家社会主义党的革命。第二个形容词表明对已在德国工人中广泛传播的社会主义信仰的让步，如同以铭刻在奥斯维辛集中营入口的"劳动使人自由"来表明卡尔·马克思思想的存在。在这样的气氛中，我们的团体站在左派一边也就不足为奇了。然而，奇怪的是，等待革命并没有妨碍我们同时期待一场末日式大灾难：这是一种比其他东西都要直觉的预感,因为哪怕是广义的残暴和希特勒的夺权企图都无法预知将发生的事情;恐怖很自然地弥漫于空气中。我们的团体被人称为"灾变论者",这促使我思考"希望原则"——姑且借用欧内斯特·布洛赫①的说法——所体现的种种形式。希望原则指向马克思主义的浪漫主义本源,因为,马克思的哲学毕竟是在狂喜时代形成的,而《共产党宣言》的日期,一八四八年,本身就足以说明。每当人们预见一场剧变,它终结既成秩序,带来净化的新现实——被一场革命、一场洪水或一场"世界大火"净化——时,希望原则也会起作用。换句话说,在欢欣的期待与恐惧的期待之间,并没有巨大的矛盾。这可以用陀思妥耶夫斯基的例子来证明,他是一位既受理性时代也受狂喜时代影响的作家。在他的成熟期,他相信世界末日即将来临,相信《启示录》中的"茵蔯星"。②

---

① 欧内斯特·布洛赫(1885-1977),德国马克思主义哲学家。

② 《启示录》说:"这星名叫'茵蔯':众水的三分之一变为茵蔯;因水变苦,就死了很多人。"

37 然而他继续忠于他的社会主义青年时代,因为他继续寻找一个理想的社会,在那个社会中每个人都将为了社群而主动放弃自我,不同的是,这个地球上的天国将在人类历史终结之际或终结之后降临。我认为,同样地,在我们那个"灾变论者"团体中,希望的两种意义是互相交织和互相融合的。

诗歌是否还有可能,如果它自绝于对奥斯卡·米沃什来说如此重要的"运动"? 换个方式说,这个问题就是,非末世论的诗歌是否可能? 那将是一种对过去未来轴心的存在和对"最后之事"——拯救与下地狱;审判;天国;以及历史的目标——漠不关心的诗歌,换句话说,亦即对把分配给某个人类生命的时间与全人类的时间联系起来的一切事物漠不关心的诗歌。回答这个问题是困难的。中国古诗似乎就是这样的,但我们可能被幻觉欺骗,因为我们是在用一种太肤浅的方式与一个其诸多复杂性不为我们所

知的文明打交道。在我们这个被丹尼尔·哈列维①
称为受作用于"历史的加速度"的文明中，诗歌与"运
动"之间的连结很可能是难以避免的，而希望，不管
是有意识还是无意识的希望，则是使诗人得以支撑
下去的东西。二十世纪诗歌的阴郁，也许可用那个
由"诗人与人类大家庭之间出现分裂和误解"造成的
格局来解释。这个格局是与我们的文明格格不入
的，因为我们的文明在一定程度上是由圣经塑造的，
也正是基于这个理由，它是十足末世论的。

---

① 丹尼尔·哈列维(1872–1962)，法国历史学家。

三　生物学课

关于诗人不同于其他人，因为他的童年没有结
束，他终生在自己身上保存了某种儿童的东西，这方
面已有很多人写过了。这在很大程度上是对的，至
少在这样一个意义上如此，也即他童年的感知力有
着伟大的持久性，他最初那些半孩子气的诗作已经
包含他后来全部作品的某些特征。毕竟，一个孩子
所体验的快乐或恐怖的时刻，决定着他成年的性格。
但诗人的思想还取决于他从父母和老师那里所学到
的关于世界的知识。

我们不应忘记我们一生中有多少年是在学校里

度过的。在那里而不是在别处，我们做好了参与我们的文明的准备。在学校，我们每天被灌输，直到我们的观念与我们同代人的观念没有分别，直到我们不敢怀疑某些原理，例如地球围绕着太阳转。不同政治制度都有自己的灌输形式，但由于整个地球都受到十六、十七世纪西欧一小块地方兴起的科学崇拜的支配，因此一个中国、美国或俄罗斯儿童都以稀释和粗俗的形式接受同一种知识，该知识的基础是哥白尼、牛顿和达尔文的发现。要理解这场转变的全部怪异，是颇为困难的：那些可以跟科学施加的概念抗衡的关于世界的概念全面溃败，而这也是所有非西方思想方法的溃败。只有一个悖论者的心灵，例如俄罗斯哲学家列夫·舍斯托夫的心灵，才有能力给我们片刻的沉思，沉思一个相信鬼魂和魔术的年轻野蛮人的成长，如何有别于一个现代孩子的成长。舍斯托夫是在二十世纪初写下这些话的：

我们社会中的一个孩子，就是另一回事

了:他的思想不再受童话故事所惑;他知道恶魔和巫师是不存在的,他还训练自己的思想不去相信这类谎言,尽管他的内心倾向于神奇事物。但是,另一方面,从非常年轻时起,他就被授予可靠的信息,这些信息之难以置信,绝对要超过最富想象力的童话作家所讲的任何瞎话。例如,他被告知——而且是被一种权威的声音告知,在这权威的声音面前所有怀疑都消退和必须消退——地球并不是眼前所见那样静止的,太阳并不是围绕地球转,天空并不是固体的,地平线只是一种视觉错觉等等。

据舍斯托夫说,这样的方式导致"我们每个人都产生一种倾向,就是只有那些对我们整个生命来说似乎都是虚假的东西才被当成真理来接受"。

可以毫不夸张地说,对大多数诗人而言,诗歌是他们的学校笔记本的一种继续,或者——这既是实际情况，也是打比方——是写在笔记本边缘上的。首次——也因此印象特别强烈——接触地理、历史或物理概念，曾成为很多著名诗篇的背景，例如兰波的《醉舟》。此外，所教的某些科目的重要性也在不断改变。在兰波的时代，地理和历史依然是主要科目，但已日益让位给自然科学，尤其是让位给生物学。

43

进化论的反对者以进化论与圣经冲突为理由，正确地评估了进化论的危险，因为想象力一旦受到进化链的概念的探访，便对某些种类的宗教信仰毫无感觉了。哥白尼的发现剥夺了地球在宇宙的中心地位，但对人的动物本源的发现带来的震撼同样巨大。不仅因为人的独一性被质疑，而且因为这质疑间接地针对人类死亡的意义。大自然以其难以置信的极度慷慨，产生了数十亿维持人类存在所需的生物，但它对个人的命运却绝对地漠不关心。人一旦与自然形成一体，便也变成统计数字，因而也变得可消耗。这种侵蚀，就拯救与下地狱而言，已触到了每一个人对生命的看法。仿佛对生命的一个看法，那传统的看法，被另一个看法，也即科学的看法覆盖了，从而产生一种持久的焦虑，每当心灵无法处理各种矛盾并责备自己不一致时，这焦虑便升起。在学校，各种矛盾是被诸如文学和历史这类科目永久化的，这些科目继续存在着一些标准的价值系统，这些价值是难以跟科学的客观主义调和的。至于诗歌，它必须在想象力已失去其基础的新情况下尽可能地改变自己，这基础就是对人类以及任何特定个人在时空中的中心地位的看法。现代诗以各种战术应对这个局面，也许这些战术的历史有一天将被写下。如果由我来承担这个任务（我无意这样做），我会翻检数十年间的学校课程，因为我已预先知道，我将发现学校大剂量增加生物学课程而减少人文学科、语言和历史课程；然后我将寻找科学型教育与表现于 44 诗中的科学原理之间的某种相互关系。在我看来，在这样一个测试中，美国学校和美国诗歌将是最受科学影响的。不过，其他国家也将紧跟其后。

现在我要引用一首诗,它是受生物学课影响的一个好例子。我必须简略解释我为什么选择这首诗,因为我完全可以选择其他诗,它们同样都适合我的目的,而且不必像我要引用的这首,须借助于翻译。波兰是一个有着无数女诗人的国家。在六十年代,我注意到一位非常年轻的诗人哈利娜·波什维亚托夫斯卡①的诗。它们有一种尖锐的音调,一种对肉体的必死性的绝望,对完全被封闭在必死的肉体内的绝望,因而对爱情有一种特别强烈的感知,感知到它永远受威胁,处于虚无的边缘。我得知,这位年轻女子患有严重心脏病。七十年代,她在还未到三十岁时去世了,她有一群朋友试图保存她的传奇。这时,一位著名女诗人维斯瓦娃·希姆博尔斯卡②写了一首诗纪念她,叫作《自切》,取自动物学课本。诗

---

　　①　哈利娜·波什维亚托夫斯卡(1935-1967),波兰女诗人和作家。
　　②　维斯瓦娃·希姆博尔斯卡(1923-),波兰女诗人,诺贝尔文学奖得主。

中的生物是海参。

自 切

在危险中,那海参把自己分割成两半:
它让一个自己被世界吞噬,
第二个自己逃逸。

它暴烈地把自己分成一个末日和一个
拯救,
分成一个处罚和一个奖赏,分成曾经是
和将是。

在海参的中间裂开一个豁口,
两个边缘立即变成互不认识。

这边缘是死亡,那边缘是生命。
这里是绝望,那里是希望。

45   如果有等量,这就是天平不动。
如果有公正,这就是公正。

死得恰到好处,不过界。
从获拯救的残余再生长。

我们,也懂得如何分割自己,
但只是分成肉体和一个碎语,
分成肉体和诗歌。

一边是喉咙,另一边是笑声,
轻微,很快就消失。

这里是一颗沉重的心,那里是**不会完全死**①,
三个小字,像光的三片小羽毛。

---

① 贺拉斯诗句,原文由三个词构成。

我们不是被一个豁口分成两半。

　　是一个豁口包围我们。

　　曾经，很久以前，另一个对自然的观察，很普通但不是科学的观察，为哲学家和诗人提供了从生到死的隐喻。那是对蛹蜕变为蝴蝶的观察，肉体被留下，灵魂则自我解放。这种灵魂与肉体的双重性，在数百年间陪伴我们的文明。然而，它不存在于我所引的这首诗中。海参的肉体裂开一个豁口，身体分成两个"自己"。从文艺复兴时期开始，灵魂和肉体的双重性增加了另一个双重性。如同乔治·斯坦纳①也曾经指出的，这是留名与遗忘的双重性，体现于"艺术长存，人生短暂"这个箴言，以及那句激励我们把名字留在后代记忆中的伟大铭言：不会完全死。这也许可称为额外保险，与基督教的升天平行；此

---

　　① 乔治·斯坦纳(1929-)，法裔美国著名学者和文学批评家。

外，只要拉丁语仍是通用语，这类抗争就能同古代遗产与《福音书》信息的含糊共存保持一致。当然，只有很少人可以为自己留名，因此可以说，这句关于人生短暂艺术长存的箴言是贵族性的。另外，它强调社会认同、名气，而不是作品本身。后代的承认和感激——即使是迟来的，不是在诗人有生之年的承认和感激——已成为西方文明伟大的陈腔滥调之一。然而，只有那条维系诗人与"人类大家庭"的纽带继续存在，这句伟大的陈腔滥调才会保持有效。

46

十九世纪下半叶的诗歌，发生了一些怪事：那些反对头脑正常的市民的孤独反叛者不是强调艺术长存，而是把艺术提到如此高的地位，以致把无论什么目标都从艺术中剔除出去，并开始把艺术荣耀成本身就是目的，"为艺术而艺术"。在各种普遍遭削弱的价值失去它们形而上学的基础之际，一个理念应运而生，它认为一首诗是外在于这场危机的。这样一首诗应完美地自足，遵从自身的规律，并且是为某个反世界而组织起来的。现在，奖赏不再是后代的承认，而是实现诗人的个性，仿佛他要永远留下一个自己的面容的铸型，像马拉美在《爱伦·坡之墓》一诗中所说的："如同永生终于把他变成他自己。"

希姆博尔斯卡这首诗，是在诗歌早已过了高高在上、傲气十足地受崇拜之后写的。我们一直在目击这种崇拜的逐渐消退，以及随之而来的人类个性的弱化，这人类个性的独特性被社会规律和心理决定因素剥夺了，变成了一个可互换的统计单位。在希姆博尔斯卡诗中，我们不是被分成肉体和留存下来的作品，而是被分成"肉体和碎语"；诗歌不过是一句碎语，一个迅速消失的笑声。如果不是完全死去，那也只是留存一会儿，因此诗歌"不会完全死"便不免含有某种颇反讽的意味。

我们全都参与了世界的观念的改变，这改变不以我们的意志为转移，而我们则试图通过不把事情彻底思考至痛苦的终端，来减轻改变带来的激烈冲击。很少人有胆量发表残酷无情的简单言论。威廉·布莱克是最早注意到科学对"神圣的想象力的

47

艺术"之恶毒影响的人之一,他宣布他所称的"精神礼物"的敌人,是由培根、洛克和牛顿构成的邪恶三位一体。他写道:

> 幽灵是人身上的理性力量,当它与想象
> 力分开,
> 把自己封闭在记忆的事物的比例里
> 如同封闭在钢里,它便制订法律和道德
> 通过殉难和战争来摧毁想象力这圣体。

我绝无意反对科学或为任何地球是扁的理论辩护,而只是想展示这场冲突的尖锐性,并希望提醒你布莱克在为纯真的想象力辩护时说了什么:

> 一个人站在他居所屋顶上或在他花
> 园里
> 一座二十五立方米高的土岗上所见
> 周围

每一个空间,这样的空间就是他的
宇宙。

......

至于被理性者看成是一个球体在空虚
中滚动的

那个假表面,只是乌尔罗的错觉①。

如同布莱克非常清楚的,关键在于把人从世界是完
全"客观"、冷酷和漠不关心的这类观念中拯救出来,
因为这类观念排斥了神圣的想象力。在布莱克逝世
之后刚好半个世纪,这种快速腐蚀,这种不相信任何
世界除了相信一个屈从于数学式决定论的世界的快
速腐蚀,出现在陀思妥耶夫斯基著作和尼采著作的
中心。此外,尚有一个可能性,即所有在科学世界观
中没有任何地位的价值遭受的腐蚀,将入侵真理这

① 乌尔罗,折磨、痛苦和死亡的王国。它是一个堕落的、物质的
世界,已失去与永恒的联系。它是一个错误和误解的王国,那里一切
都是颠倒的。

个概念的核心,换句话说,真理的标准将只有在一个可任意选择的参照系统中才被视为有效。预见到这点,尼采对将在不久的将来变得十分普遍的、我们也可以在自己身上看到的心态提出下列定义:

> 什么是信仰? 它如何产生? 每一种信仰都是视某物为真实。

> 最极端的虚无主义形式,将是这样一种观点,它认为每一种信仰,每一种视某物为真实,都必然是假的,因为根本就没有真实世界。因此,便有这样一种其源头就在我们身上的**透视法意义上的外观**①(只要我们仍继续需要一个更狭隘、缩略和简化的世界)。*

---

① 指个人或集体只能在特定的时间、环境和事物的独特关系中认识世界。

* 《权力意志》(1887),沃尔特·考夫曼、R.J.霍连德尔译(纽约:兰登书屋,1968)。

我刚刚引用的希姆博尔斯卡这首诗,代表着一种诗学,它是对所有标准都在流动的呼应,这种流动如今已被普遍地感受到。在二十世纪的保留剧目中,根本就没有柏拉图式的灵魂与肉体的双重性或永恒的名声——那将不符合我们对不断处于流动的风格和品位的敏感度——的立足之地,也没有任何"作品本身"的立足之地,后者也许是想拯救某个绝对标准的最后尝试。我们之后遗留下来的,将是一句碎语,一个正在消失的笑声。而我们无权去贬低这个清晰而残忍的意识,因为它距离某种英雄主义美德并不是太远。很难说尼采的另一个预言会不会实现,但他关于人将被迫迈向超人的伟大性的话却是值得回味的:

　　　　这是一个衡量力量的尺度,看我们能够在多大程度上允许自己在不灭亡的情况下接受那个仅仅是明显的特征,接受谎言的必要性。

在这个程度上，作为对一个真实世界的否认，作为对存在的否认，虚无主义也许是一种神圣的思考方式。

我们能否在不灭亡的情况下经受得起这样一个局面，也即我们周围所有事物都失去它们的存在，再也没有真实世界？二十世纪诗歌对这个问题的回答是否定的。它的英雄主义是被迫的，并且拿不出任何证据表明我们已来到变成超人的边缘上。当诗人发现他们的词语只指涉词语，而不是指涉必须尽可能忠实地加以描写的现实，他们便绝望了。这很可能是现代诗歌音调如此阴郁的原因之一。此外，孤立威胁着诗人们。他们与"人类大家庭"之间的纽带，在浪漫主义时代依然完整，即是说，文艺复兴时期的名声模式，那种受到别人感激和承认的模式仍然发挥作用。后来，当诗歌转入地下，当波希米亚带着不屑远离市侩，它便在大写的"艺术"作品这个理念中找到严肃的支持，相信其绝对有意义。诗歌带着一个信念进入二十世纪,坚信艺术与世界之间存在着根本性的对立,但是艺术的堡垒已经在崩溃,诗人那种自以为高于普通凡人的优越感已开始失去其最高的正当理由。毕竟,那位写了一卷卷公众看不懂、一卷卷无人阅读的小诗集的作者,是很难从这样一种信仰中获得什么安慰的——一本诗集所包含的,无非是一句碎语和一个正在消失的笑声。

生物学课给我们的想象力带来很多改变,并不限于那些与个人命运相关的改变。我们不知不觉地改变我们对那些给数千人或数百万人造成痛苦的大灾难的态度。很难理解为什么一七五五年里斯本大地震会给启蒙时代人们的心灵造成如此大的冲击,并成为重要辩论的题材。死亡人数约六万,与现代战争中的死亡人数相比很一般,与中世纪黑死病造成的人口下降相比也很一般。然而,这类灾难却被当成是上帝的安排。另一方面,里斯本的毁灭为自然神论者提供了一个理据,他们认为上帝并不介入事件,因为上帝这位伟大的钟表匠让世界自生自灭。

50

否则，他们坚称，上帝就是盲目地残暴的，应受指责。也许这种推论对我们来说有点儿太抽象，因为我们时代的历史悲剧使我们大声发出抗议。一定是有人需要承担责任的，但如果我们开始寻找某个合理的解释，则我们仅有的可能性将是跟随伊壁鸠鲁信徒，他们认为诸神要么是无所不能但又不好，要么是好但不是无所不能。然而，生物学课意味着科学世界观的一场胜利，根据科学世界观，需要承担责任的是因果链。如此一来，把这种思路从自然领域转移到社会领域，似乎也就明显不过了，不管正当与否。当然，指责科学的实际后果有异于科学家的初衷是毫无意义的。然而我们应认识到，科学不只为完善愈来愈致命的战争工具立下汗马功劳，而且渗透集体生活结构，引起各种转变，这些转变的幅度我们现时仍无法弄清。某些观念对心灵造成的污染，也即科学的那些副作用，与源自同一科学的技术给自然环境造成的污染相比是不遑多让的。因此，譬如说，"适者生存"的粗俗版不仅引发文学中的自然主义，而且为以某种假设的社会卫生之名灭绝数百万人类生命创造条件。与此同时，也是科学提供了种族灭绝技术，如同较早时科学为壕沟战里的大屠杀提供工具。

在二十世纪，诗人前所未有地被迫抵抗由事实构成的压力，这些事实与他们多少有点儿天真的本性背道而驰。从很早开始，在生命最初几年，我们每个人都会各自发现，严酷的生存规则与我们的愿望针锋相对。一柱火焰，看上去那么可爱，一碰就会烧伤手指；一只甩出桌面的玻璃杯，不是停留在空中，而是摔得粉碎。对奇迹的渴望，受到所谓"事物的正常顺序"的严峻考验，我们逐渐在家庭和学校的督促下适应这些顺序，作为踏入社会的准备。诗人很可能特别抗拒这种训练，也因此，他们成为传达人类一个普遍渴望的声音，这就是渴望从二加二等于四这种严厉而无情的冷酷中解放出来。在很长时期内，宗教都在阻止现实的某些区域受盲目法则的力量影响，也许基于这个理由，宗教与诗歌存在着某种结

51

盟。不仅城市和国家的命运,而且整个人类的命运都被包括在那个范畴内。毕竟,自然神论者在里斯本毁于大地震之后提出的论点,并未成功废除人们对上帝的根深蒂固的信仰。整个狂喜时代都充满救世梦想,梦想某个民族或某些特定民族的特殊使命,一种已预先写在圣经中的使命。但是后来在蒸汽和电气的时代,进步的概念也同样烙上人类要走的道路已由上帝安排妥当的所有特征。

十九世纪与二十世纪之间的一个重要差别,很可能源自跨过某个门槛:一些太难以想象的暴行似乎不可能发生。但是,从一九一四年开始,这类事情被证明愈来愈有可能。人们发现"文明是会死的"。因此,没有什么可保护西方文明,阻止它陷入混乱和残暴。野蛮状态原本似乎是属于遥远的过去,但是现在它回来了,成为极权主义国家的部族仪式。死亡集中营成为二十世纪的中心事实,有刺铁丝网成为二十世纪的象征。托马斯·曼无疑是对的,他认为约瑟夫·康拉德的《黑暗的心》是一部二十世纪开幕著作。欧洲人长期以来一直都在他们的殖民地后园有效地掩藏某些恐怖,直到这些恐怖来找他们算账。超级大国瓜分某些国家的事情,恰恰发生在欧洲,仿佛这是一个分配财富或分配牛羊的问题,尽管被宰割的是民族、城市、家园。危险也在升级,因为原子弹使不大可能的事情成为很有可能:地球的毁灭。如同一个孩子发现火会烧伤手指,发现用力撞桌子锋利的边缘会痛,人类面对着赤裸裸的、按因果律建立联系的数据,再也没有任何神明保护他们,向他们保证会有好结果。

从自然主义角度思考人,这种思考方法因地球上快速增长的人口统计数字而进一步加剧。我下面要提及的对话,在本世纪以前是绝不可能的。这件事发生在第二次世界大战期间德国占领下的华沙,是我与一位知识分子之间的对话,他是共产党地下党员。我对他那种"必须两者择一"的假设表示怀疑,因为在他看来,无论谁,只要他想有效抵抗纳粹主义,就别无选择,必须完全接受苏联体系。我有保

52

留,是因为苏联那个独裁者实行的大规模恐怖。他耸耸肩,回答说:"多一百万人,少一百万人,有什么差别?"

确实,有什么差别呢?当听说某些地方一些人类遭另一些人类残暴对待时,我们内心的抗议之声回荡在空虚中,而且没有任何正当性,除了抗议之声本身。虽然在一九三九年至一九四五年间死去的数百万男女老幼至今依然被哀悼,但我们很难不想到一种日益强大的趋势,这趋势就是把人类与苍蝇和蟑螂等同起来;我们可以假设,某个恰如其分的崇高目标可为灭绝苍蝇提供正当理由,而那些未受打扰的人则对此毫无感觉。

一个二十世纪的诗人,就像一个孩子,他被成年人训练去尊重赤裸裸的事实,而成年人自己也是在一种极其残酷的环境中成长的。这个诗人会希望根据某个基本原则来说是或说不,但要这样做的话,他就必须承认在现象的互相作用背后存在着一个有意义的世界结构,而我们的心灵和思想是与这个结构

53

密切联系的。然而,一切都联合起来摧毁这个假定,仿佛它是我们对奇迹的信仰的残余。这是否意味着人类通过以科学为指导,现在已达到成熟阶段了?这是可能的。但尚有另一种可能性。社会组织以某种滞后的方式消化科学的副作用,于是发生这种情况,也即十九世纪科学产生的概念和观念直到现在才刚刚抵达。一个关于世界的新观念,仍在怯生生地发展着,在这个新观念中,奇迹有一个合法的位置,但这个新观念仍尚需要时间才会被广泛地认识。

如果是这样,则二十世纪就是一个炼狱,在这炼狱中想象力必须在没有这样一个慰藉的情况下运作,这个慰藉能满足人类心灵的一个基本需要:对受保护的需要。存在似乎是被必然和偶然统治着,没有神的干预;直到最近之前,上帝之手都被用来帮助虔诚的统治者和惩罚罪恶的统治者。但如今,即便是进步这个理念——它无非是世俗化了的上帝——也不再提供任何保证了。基于诗艺的天性,诗人都倾向于派发赞美和谴责,现在他们站在一个受盲目力量的行动所左右的机制面前,必须把他们的是和不悬置在半空中。如此一来,难怪有些人要寻找导师,这些导师的思想可以应付严重降级,但也同时提供新的开始和新的希望。本世纪产生了几位卓越思想家,他们的重要性随着时间流逝而愈益显著。其中一位是西蒙娜·薇依,在提及她时,我不能不屈从于个人偏好的诱惑(尽管我对这位作家的尊敬已不再是孤立的了)。

　　"上帝无一例外地把所有现象交付给世界的机制";"必然性是上帝的面纱":这是西蒙娜·薇依。她把决定论扩大至所有现象,包括心理学的现象。对她来说,这是她所称的"重负"的领域。与此同时,她相信无论谁要求面包,都不会得到石头,因为还有另一个领域,"神恩"的领域。这两个领域是同时存在的,而这正是她哲学的核心,它把找不到解决方案时的矛盾合法化;在这种情况下,神的干预与普遍的必然性之间不存在不能解决的矛盾。由于我在这里关注的是诗歌的命运,因此我将回顾西蒙娜·薇依一个与文学有直接关系的文本。这是她致《南方手册》编辑的一封信，显然是在一九四一年夏天，在法国沦陷的冲击下写的：

> 我相信，刚刚结束的这个时期的作家们，需要对我们时代的种种不幸负责。我这样说，不只是指法国的失败；我们时代的种种不幸，涉及面要广得多。它们扩散至全世界，也即欧洲、美洲和其他已能感到西方的影响的大陆……
>
> 二十世纪上半叶的一个基本特点，包含价值这个概念的弱化和近于消失。这是那些极其罕见的现象之一，在人类历史上似乎是崭新的。当然，很有可能这种现象存在于一些后来被遗忘的时期，如同我们这个时代也可能被遗忘。这个现象显现于很多对文学来说是陌生的领域，甚至显现于一切领域。你可以在工业生产的数量取代

质量中看到它,在学生的学位取代一般文
化中看到它。继古典意义上的科学终结之
后,科学本身已不再拥有价值标准。但作
家们按其天职,应是一种现已失去的宝物
的守护者,可他们有些人却为这种失去而
感到骄傲。

　　我知道,引用西蒙娜·薇依是一种危险的尝试。
她的思维与被视为理所当然的思维习惯格格不入,
而她使用的概念,例如善与恶,可能很容易使某个引
用她的人被贴上反动分子的标签。然而我想我必须
同意西蒙娜·薇依对艺术和文学中某些潮流例如达
达主义和超现实主义的看法。它们在我们这个世纪
的艺术编年史中是受到高度重视的,她却鄙视地拒
绝它们,而这可能会引起抗议:

　　　达达主义、超现实主义是极端例子。它
　　们表达了对全面放纵的迷狂,这迷狂控制

心灵，一头栽进直观性，拒绝所有价值考虑。善是一个磁极，必然地吸引人类的心灵，不只在行动中，而且在一切努力中，包括纯理智的努力。超现实主义者建立一个无方向的思想的模式；他们选择绝对没有价值作为最高价值。放纵永远使人陶醉，这就是为什么，在整个历史上，一座座城市被洗劫。但城市的洗劫并非总能在文学中找到对等物。超现实主义正是这样一种对等物。

我预料有人会提出反对，认为西蒙娜·薇依发出如此激烈的谴责，是因为法国的失败。不过，请注意，法国的失败是一个对极权主义的反抗软弱无力的典型例子，而达达主义者和超现实主义者对民主政制只有鄙视，在这方面他们堪称波希米亚的继承人。谁知道呢，也许否定真实的思考方式，会间接地伴随着严重的政治后果，尽管这些后果可能不一定发生在与第二次世界大战期间的法国相似的环境中。在西蒙娜·薇依对超现实主义的批评的历史场合背后，我们可以找到今天对我们仍然有意义的内容，尤其是她信中以下这段：

56

> 其他同一个时期和前一个时期的作家没有这么极端，但他们所有人——也许除了三四个例外——都有着相同的缺陷的标记，一种没有价值感的缺陷。诸如自发性、真诚、无来由、丰富性、充实性之类的词，这类暗示对各种相反价值①近于完全漠视的词，见诸他们笔端的频率，远多于与善恶有关的词的频率。此外，与善恶有关的词，尤其是那些与善有关的词，都惨遭降级，如同瓦莱里几年前指出的。

---

① 例如善与恶。

西蒙娜·薇依是勇敢的。如果她认为是真的，她就会说出来，而不怕被贴标签。事实上，她可能会被怀疑与反动分子结盟，因为在我们的世纪，正是这些反动分子成了捍卫价值分辨的后卫。今天的诗人，被卷入各种各样的专业仪式，已太羞于达到这种率直。他羞于什么呢？羞于他自己身上那个孩子，那个孩子想要地球是扁的，隔绝在天空的穹顶下；想要有一对对清楚划分的对立：真与假、善与恶、美与丑。不幸地，他在学校被告知，这种关于世界的概念是幼稚的，是属于过去的。他惟一可以做的事情，是采取防御战术，设法组织他自己的主观空间，但他对此完全没有把握，除了知道他像希姆博尔斯卡诗中的海参，把自己分成一个身体和一句碎语。

我的评估听上去很宿命，而这使我不安，因为我是充满希望的，况且我终究还要用某种方式来证明这点。首先，我把诗歌定义为"对真实的热情追求"，而毫无疑问它就是这样的；没有任何科学和哲学可以改变一个事实，也即诗人站在现实面前，这现实每日新鲜,奇迹般地复杂,源源不绝,而他试图尽可能用文字围住它。这种可以用五官验证的基本接触,比任何精神建构都重要。那是一种永远无法满足的欲望,想达致摹拟,想忠实于细节,它有益于诗歌的健康,使诗歌有机会挺过那些对诗歌不利的时期而生存下来。命名事物这一事实,意味着预先假定相信这些事物存在,因而也相信有一个真实世界,不管尼采会说什么。当然,有些诗人只把文字与文字联系起来,而不是把文字与它们在事物中的原型联系起来,但他们在艺术上的失败表明,他们是在违反诗歌的某类法则。

其次,那股推动我们的历史力量,既是毁灭性的也是建设性的,因为它正在发明抵抗毁灭的手段。梦想一个清除了科学和技术的地球,是徒劳的。相反,只有科学和技术的进一步发展才可以防止自然环境的污染和拯救这个星球的居民,使他们免于饥饿。学校所宣扬的粗俗化科学世界观也是如此。这个类比是不完美的,因为想出一些方法来反对某个已经普遍化了的思维方式，要比想出一些措施来防止河流和湖泊受污染困难得多。然而，有些迹象使我们期待就在科学的源头，会发生某种基本改变，也即技术文明也许会开始把现实视为一个由无数镜子组成的迷宫，其神奇不亚于炼金术士和诗人所见的迷宫。那将是威廉·布莱克和他的"神圣的想象力的艺术"的胜利——但也是诗人身上那个被成年人训练太久的孩子的胜利。

四　与古典主义争吵

在二十世纪八十年代，如果不是因为可悲的政
治环境，波兰可能就会举办其第一位伟大诗人扬·
科哈诺夫斯基的周年纪念活动。事实上应是两个周
年纪念，一个是诗人诞生四百五十周年（他出生于一
五三〇年），一个是诗人逝世四百周年（他逝世于一
五八四年）。我在这里介绍他，不仅因为我像每个波
兰诗人那样向他学艺，而且因为通过省思我们今天
所称的一位文艺复兴时期的诗人，我们可以探讨二
十世纪某些更扰人的问题。

对整个欧洲来说，文艺复兴是意大利的时刻，而

科哈诺夫斯基在意大利度过几年，旅行，在帕多瓦研读拉丁语和希腊语作家，用拉丁语写诗。他不是立即就转以俗语写诗。用俗语写诗，似乎是发生在他从意大利返回波兰时途经的巴黎，而且他也许是受到龙沙[①]的榜样的刺激，想与之抗衡，因为龙沙不是用拉丁语而是用其法国母语写诗的。科哈诺夫斯基的第一首波兰语作品，是一首向上帝表示感激的赞美诗"你给了我们这么慷慨的礼物，上帝，你要我们怎样报答你"，它不但以其形式完美而使我们印象深刻，而且体现了这位诗人的个性：在一个宗派斗争的时代，他能够同时与天主教阵营和改革派保持一种带怀疑的距离。

波兰文学语言在十六世纪的几十年间达到成熟，并且一如我在第一章说过的，其变化不像埃德蒙·斯潘塞以来的英语变化那么大，更别说像乔叟以来的英语。这意味着科哈诺夫斯基的读者在语言

62

---

① 龙沙（1524-1585），法国诗人。

上理解他,就像他们理解一位当代诗人,但同时,他们也觉得他们自己属于一个完全不同的时期,并意识到诗歌的地位和功能已发生很多变化,尤期是在过去一百年间。这就使得任何想知道自己到底是真正被古诗吸引,抑或只是在向某些基本上已成文物的价值表示敬意的人,都会想到很多问题。

科哈诺夫斯基的艺术成就,是无可置疑的,也因此,这个问题就变得特别重要。他不只是一位有才能的诗人,而且是一位受过良好教育的诗人,如同一个文艺复兴时代的人应有的。维克托·魏恩特劳布①曾有多篇研究科哈诺夫斯基的文章*,他证明科哈诺夫斯基熟悉希腊诗人,而且阅读原著(即使在精英中也是不常见的),并认为这确保他获得颇大程度的独立性,而不是仅仅以拉丁作家也即贺拉斯和塞内

---

① 维克托·魏恩特劳布(1908-1988),哈佛大学波兰语言与文学教授。

* 收录于《恰尔诺拉斯纪事》(克拉科夫:文学出版社,1977)。

加为楷模。然而,选择这位或那位大师,并不会改变一个事实,即他从古代获取楷模,在这方面他类似七星诗社的诗人们;如果我是法国人,那我现在写的就是关于龙沙或若阿基姆·杜·贝莱的读者的文章了。

我们在这里谈论的,其实就是古典主义的诗学,不仅今日的诗人对这些诗学不熟悉,而且它们本身的陌生感也令人好奇。埃里希·奥尔巴赫①在其名著《摹仿论》中指出,每当使用某个传统手法,就会缺乏某种真实性:诗人在家喻户晓而固定的传统主题中创造一个尽可能美丽的结构,而不是命名真实但仍未被命名的事物。因此,把作者和读者连结在一起的各种文学传统主题便形成一道屏障,而要越出这个屏障,进入那有着源源不绝的丰富细节的混沌现实,是十分困难的。奥尔巴赫写道,在古代,"当基督教的扩散使圣经和一般基督教文学暴露在有高度

----

① 埃里希·奥尔巴赫(1892-1957),德国语文学家、比较文学研究者和文学批评家。

教养的异教徒的美学批评之下的时候,风格的问题便成为非常敏感的问题。令这些异教徒难以相信的是,竟然有人宣称最高的真理存在于这些经文中,因为在他们看来,这些经文是用一种难以想象地不文明的语言写的,而且对风格类型彻底无知"。但恰恰是由于这点,我们通过《福音书》所了解到的罗马帝国日常生活,远远多于从黄金时代的拉丁诗歌中了解到的。贺拉斯和维吉尔把他们的材料过滤和净化到这样的程度,以致我们只能猜测隐藏在他们诗行背后的某些实际数据。

在科哈诺夫斯基的作品中,也出现类似的净化。就他那个时代的诗人而言,他已经是够实际的了,因为他教给我们很多他那个绅士环境所共有的习俗。不过,这只适用于描述他的短格言,这些短格言被按照意大利人的方式称为"隽语"(fraszki,源自意大利语 frasca,意为细枝);或他的新闻报道诗,这类诗并不属于他的最高成就。至于他的抒情诗,尽管对语言的组织是卓越的,却是以传统主题构成的,要么是宗教性的传统主题,要么是表达贺拉斯式的及时行乐主题。一个例外是由十九首诗构成的组诗《哀歌》,它是在他的小女儿乌尔苏拉夭折后写的。他在这组诗中打破了禁止在这类作品中表达真正痛苦的常规。此举使科哈诺夫斯基的同代人感到不大舒服,但是多亏这种个人因素,《哀歌》在四百年后的今天依然感人。

为了说明我们如何有别于十六世纪的诗人,我将援引科哈诺夫斯基的诗剧《拒绝希腊使者》的一个短片断。该诗剧取材自《伊利亚特》几行诗,以及围绕着该史诗繁殖起来的丰富文学。在特洛伊战争爆发前,希腊使者抵达特洛伊,要求特洛伊把海伦归还他们。该城市处于生死攸关的时刻,哪一种选择更好:送回海伦并获得和平,还是继续留住海伦并与希腊人开战? 在我们的世纪,同一个决定时刻,亦成为让·季洛杜①的一个题材:在第二次世界大战爆发前

① 让·季洛杜(1882-1944),法国作家、戏剧家。

不久,他的戏剧《特洛伊战争不会爆发》在巴黎上演（英文版叫作《门前虎》）。科哈诺夫斯基这出戏最动人的段落之一,是卡珊德拉的怨诉。这里是开头几行:

为何你徒劳地折磨我,阿波罗?
你虽然给了我预言力,
却不给我的话任何重量! 我所有的
预言
都随风飘去,使男人获得的信誉
与梦和闲谈无异。
我这颗受束缚的心,我失去的记忆
能帮助谁呢? 这颗透过我的口
说话的灵魂,还有我所有的思想,
能有益于谁呢,当它被一个
难以忍受和承受的客人控制着。我
徒劳地反抗! 我受暴力之苦;我再也

不能控制自己;我不是我自己。*

    让我们注意诗人与其公众之间的某种互相理解。他假设(而在这里他是没错的)大家都知道特洛伊国王的女儿卡珊德拉的故事,她拒绝阿波罗的求爱,作为对她的惩罚,她获得预知未来的能力;之所以是惩罚,是因为没人相信她的预言。科哈诺夫斯基这出戏,假设拒绝把海伦归还希腊人意味着战争,而特洛伊将因此被毁灭;因此,卡珊德拉的预言是真实的。该情景是事先定义好的了,观众不期待诗人给他们带来出人意表的东西,因为观众早已从《伊利亚特》知道帷幕降落后发生了什么事。在一部有关某个特定主题的作品中,观众只期待出色的诗艺。

    某个特定主题,以及因长期使用而打磨得圆滑如溪中小卵石的传统主题:这正是使二十世纪诗人

    * 鲁思·厄尔·梅里尔译,见于扬·科哈诺夫斯基,《诗选》(柏克莱:加州大学出版社,1928;纽约:AMS 出版社,1978)。

既着迷又恼怒的东西。对我们来说,古典主义是一个失乐园,因为它暗示一个由信仰和感情构成的社区,这个社区把诗人与公众联成一体。无疑,当时诗人并未与"人类大家庭"分离,尽管这显然是一个普通规模的家庭,因为文盲的农村人口构成波兰和欧洲居民的绝大多数,他们对荷马和贺拉斯的用典系统完全漠视。但是,即使把这少数人列入考虑,也仍然有一种归属感——因而,也是一种迥然不同于波希米亚的孤独的状况,后者充其量只能在同行中找到读者,其后裔和继承人则是今日的诗人。也许,每位诗人身上都潜藏着一个巧匠,梦想着一种已经规定好的材料,有现成的比较和隐喻,这些比较和隐喻都被赋予接近原型的有效性,并且基于这个理由而得到普遍接受;剩下要做的,是致力于雕琢语言。如果古典主义只是一种过去的东西,则这一切都不值一哂。但事实上,古典主义不断以一种诱惑的方式回来,诱惑人们屈服于仅仅是优雅的写作。这是因为,我们毕竟可以作如下推论:所有想用文字把世界围住的企图，都是徒劳的，并将继续是徒劳的；语言与现实之间有一种基本的不可兼容性，如同这样一些人的绝望追求所表明的——他们都想捕捉现实，甚至不惜通过"使所有感觉失去秩序"或者说通过使用毒品来达到目的。如果是这样，那么我们倒不如遵守共识所采用并且适合于某个特定历史时期的游戏规则，该走车就走车，该走马就走马，而不是把车当成马来走。换句话说，让我们利用传统手法，意识到它们是传统手法，仅此而已。

　　谁会不感到这种诱惑呢？然而，我们会想起反对之声。现代艺术不管是诗歌还是绘画，都有一个逻辑，这就是不断运动的逻辑。我们已被抛出那条语言被传统手法规定好的轨道，并被罚去冒险和面对危险，但正因为如此，我们依然忠实于"对真实的热情追求"这个诗歌定义。不幸地，对我们观念以外还存在着客观现实这样的信念已逐渐弱化了，而这种弱化似乎正是现代诗如此普遍地郁抑的原因之一，它似乎感到失去了存在的理由。

66

真的没有"真实世界"吗？我们可以像那位希腊人那样回答，他在听到埃利亚的芝诺①关于运动是幻觉、因为飞矢不动的说法时，站起身来走了两步。二十世纪给了我们一件测试现实的最简单的试金石：肉体痛苦。发生这种事情，是因为很多人在战争中和在政治恐怖统治之下饱受摧残。当然，把我们的时代说成特别可怕的时代，是夸张的。人们一直都在遭受肉体痛苦，死于饥饿，过奴隶生活。然而，所有这一切之所以不像现时这样成为人所共知的事情，是因为我们的星球正在缩小，也因为大众传播无远弗届。有教养的人住在某个温柔乡，封闭在禁止别人擅自闯入的界线之内。科哈诺夫斯基如同文艺复兴时期的每个诗人，对下层人的命运，充其量只可说是有中等程度的兴趣；他心中也不会掠过想探究当时非洲中部正在发生什么事情的念头。

　　只有在我们的时代，人类才开始设想同时发生

----

　　① 埃利亚的芝诺（约公元前490-前430），古希腊哲学家。

的现象,并因此感到一种道德焦虑。我们发现某种令人不快的真相,它不断地侵扰我们,即使我们宁愿忘记它。人类一直被一个法则分成两个物种:那些*知道而不说的人*;那些*说而不知道的人*。这个法则,可视为对主仆辩证法的影射,因为它使人想起数百年间农奴、农民和无产阶级的无知和悲惨,只有他们才知道生命赤裸裸的残酷,但必须默默承受。读写技能是少数人的专利,权力和财富使他们对生命的感觉变得舒适。

那些说而不知道的人。但即使他们知道,他们也会遇到一个以语言的形式出现的障碍,它往往凝结在这种或那种古典主义中;它随时求助于种种传统表达手法,即使明明知道这些传统表达手法无法反映那永远难以预料的现实。这很明显地见诸第二次世界大战期间,当时人们亲身经历了德国占领的种种恐怖,这些恐怖超过他们已知的邪恶概念。当时,那些知道的人和说的人,数目是颇高的,我们会惊叹于那种迫使人们用诗、歌以至狱中墙壁题词来

67

记录亲身经验的深刻需要。由于灭绝计划的规模是如此不寻常,因此我们似乎会觉得,那些由被剥夺了希望的人在巨大感情压力下写出的作品,一定会打破所有传统手法才对。但情况并非如此。受害者们用来表达自己的遭遇的语言,有很多陈腔滥调,那是他们战前阅读的痕迹,因而基本上是一种文化现象。这个落差,被任教于巴黎大学的波兰抵抗活动老战士米哈乌·博尔维奇①选择来作为专题论文的研究对象。他的著作《纳粹占领下被判处死刑者作品(1939-1945)》*分析了从几个国家但主要是从波兰搜集来的大量文本。他对这些文本的重要性作出如下定义:

> 人在被推至其处境的极限之后,再次在
> 书面文字中找到最后堡垒,用来抵抗毁灭的

---

① 米哈乌·博尔维奇(1911-1987),波兰诗人、作家。

* 巴黎:法兰西大学联合出版社,1954。

68

孤独。他的文字,不管是精致或笨拙,有韵律或凌乱,都仅仅是由那种想表达的意志所驱使,以此沟通和传达真相。它们是在最可能恶劣的环境下写的,是由贫乏的、按理说十分危险的手段传播的。这些文字,与有权有势的集团所捏造和维持的谎言相反,那些集团可以动用庞大的技术力量,并且受到无节制的暴力的保护。

文字的这种功能,对维护一个人的人性是无比重要的,但这并不意味着人可以把话说得不同一般。他只是用一种通过教育和阅读而从其他人那里接受来的风格说话,即使他置身的环境要求他用一种完全不同的新语言来说话。以下是博尔维奇有关这方面的描述:

至于写作手法,总的来说我们观察到一种把风格简化的趋势。用来反映题材之

"新颖性"的,一方面是某些表达的"小手段"(隐喻、比较等等),另一方面是某些著作的公式化表述,以及这些著作的组织和内部构成要素。这些结果,丰富了一份为人熟知的保留剧目,然而并没有超越其框架,即变来变去都一目了然。相反:没有哪怕一篇作品是值得注意的,所谓值得注意是指作者试图通过超越传统的沟通性语言或通过瓦解传统的沟通性语言来表达恐怖。

在这个脉络里,非专业人士(新手、非知识分子)的作品也无一例外。相反:沉溺于占领前的陈腔滥调总的来说更明显。

博尔维奇所见的突破这法则的惟一例外,是儿童留下的一些证词。不是通过某种"表达的扭曲"来获得直接性,而是因为"某种天真而朴素的现实主义,又因其朴素而使人产生共鸣"。

我并不是要把一种似乎不适合于文学讨论的悲剧性和无情的元素注入我这篇演说，以此来贬低诸如科哈诺夫斯基或七星诗社这样一些迷人的诗人的重要性。任何人求助于种族灭绝、饥饿或我们的同类的其他肉体痛苦来攻击诗歌或绘画，都是在进行蛊惑人心的煽动。如果诗人和画家仅仅因为地球上有太多痛苦而停止创作田园诗或颜色明亮的画，并认为这类超然的职业是没有意义的，那么人类是否会因此获得任何益处，是很值得怀疑的。不，粗略地说，我要向自己和向我的听众澄清的，是大致可以称为古典主义与现实主义之间存在着的一场争吵。两种倾向存在着冲突，这冲突不受某个特定时期的文学潮流影响，也不受这两个术语不断改变的意义影响。这两种相反的倾向，通常也共存于一个人身上。必须说，这场冲突永不会终止，并且第一种倾向永远以这样或那样的变体成为主宰，第二种倾向则永远是一种抗议的声音。当我们想到过去的文学和绘画中美的东西，想到我们赞赏的东西和仅仅因为其存

69

在而使我们满心喜悦的东西时,我们不能不惊叹于非现实主义艺术的力量。人类似乎是在做着一场关于人类自己的怪梦,赋予人与人之间和人与自然之间这类最简单的关系以常新但也永远是奇异的形状。之所以发生这种情况,是因为有形式,形式有自己的迫切需要,这些迫切需要仅部分地取决于人类的意图。形式偏爱神圣风格或古典风格;它抗拒任何引入现实主义细节的企图,例如在绘画中使库尔贝①的批评者们火冒三丈的高顶黑色大礼帽和长礼服,或诗歌中诸如"电话"和"火车"之类的词语。这形成了历史上围绕着现有形式而发生的漫长冲突,也即现有形式被克服之后,立即就凝固成与早前的形式一样"人工"的形式。

"艺术"和"人工"这两个词关系太密切,使我们无法假设一种不被形式主宰的诗歌。虽然二十世纪见证了一系列艺术革命,这些艺术革命有时很极端,

---

① 库尔贝(1819–1877),法国画家,现实主义绘画创始人。

70　例如意大利未来主义的"解放的文字"是为了把文字从为它们指定好的句法位置中解放出来，但是形式依然主宰诗歌。至少直到第一次世界大战为止，诗歌在公众心目中仍是可辨识的分行，受到格律和韵脚的约束。所谓的自由诗是慢慢才取得公民权的。有趣的是，美国对现代诗历史的贡献，其分量要比我们可能想象的更重，尤其从美国在十九世纪期间文化上相对孤立的角度看。首先，埃德加·爱伦·坡对法国象征主义影响很大。然后，作诗法的种种革命又很大程度受益于沃尔特·惠特曼的诗歌，他的诗歌是在一九一二年左右开始打入欧洲的。

今天的诗人，不用受十四行诗形式束缚，也不必遵守对一位文艺复兴时期诗人或十八世纪诗人来说是有效的众多诗学规则。现在他似乎比任何时候都更能自由地追求现实。尤其能说明这点的是，他可以随时借用街头语言，而且文学体裁之间的差别正在消失：长篇小说、短篇小说、诗歌和随笔之间整齐的界线，已不再保持得那么分明。

然而,在诗人与现实之间升起了一道传统手法的玻璃墙,这些传统手法是看不见的,直至它们退回到过去,在过去显露它们的陌生性。我们也许还可以问,今天诗歌中的忧伤音调,在某个时刻是否也会被视为某种强制性风格的外饰。一种失去希望的视域,常常可能只是我们这时代的诗歌的陈腔滥调,与古代神话和特洛伊战争之于文艺复兴时期诗人并没有什么不同。其他习惯也在限制着运动的自由。当重要的不是作品的完美,而是表达本身,即"一个碎语",那么一切便都成了所谓的"书写"。与此同时,那种敏感于每时每刻表面刺激的倾向,则把这种书写变成记录表皮疼痛的日记。谈论一切,仅仅是谈论,本身已变成一种活动,一种减轻恐惧的手段。仿佛"不是我们讲语言,而是语言讲我们"这句箴言正在进行报复似的。因为,虽然诗人描写真实事物,但并非每个诗人都能在一件艺术作品中赋予这些真实事物的存在以必不可少的真实感。诗人也有可能使这些真实事物变得不真实。

71

我肯定，写作时，每个诗人都是在诗学语言的规定与他对真实事物的效忠之间作出选择。如果我删掉一个字，代之以另一个字，因为这样做整行诗便获得更大的准确性，则我就是在奉行古典文学的做法。然而，如果我删掉一个字是因为它不能传达一个观察到的细节，则我就是倾向现实主义。可是，这两种运作不能简单地分开，它们是互相纠结的。此外，在这两个原则不断冲突期间，诗人会发现一个秘密，即他必须按等级制安排真实事物，才能忠于真实事物。否则，他就会像当代散文诗中常常发生的那样，"在赤日炎炎之处"找到"一堆破碎的意象"，也即这样一些片断：它们享受完美的平等，并暗示诗人不愿意作出选择。

　　在这方面，二十世纪诗人可以从过去的散文作家们那里学到很多东西，并且可能会从陀思妥耶夫斯基那里学到最多。他的现实主义包含对迹象的阅读：一篇报纸文章，一次无意中听到的谈话，一本通俗书，一句口号，都使他可以进入他的同代人的眼睛看不到的隐秘地带。对他来说,现实是多层次的,但并非所有层次都提供线索。陀思妥耶夫斯基的创作努力,倾向于愈来愈伟大的等级化,因为他企图捕捉俄罗斯知识界的精神历险中的根本性东西,而又不被纠缠在一起的众多趋势所左右。他在这方面得到他的强大信念的帮助,这信念就是不存在一种纯粹的历史向度,因为它同时也是一种形而上学的向度。对他来说,在历史的构造中,存在着一个形而上学的基础。

然而,尽管文学诸体裁之间的界线模糊了,使得 72 诗歌与散文不再截然分明,但是诗人手头并没有几百页论文来供他调遣,让他搬出论据。我所说的等级化必然浓缩得多,尽管总是作为一个有顺序的原则表现出来。

现在,在我这次演讲临结尾之际,我将容许自己做一个自白,用它来证明我关于古典主义倾向与现实主义倾向共居于一个人身上并互相斗争的看法。实际上,这个自白是现成的,以我二十年前所写的一首诗的方式存在着。

不　再 *

有一天我应当说一说我怎样改变
我的诗观，以及我今天怎么会
把自己视为古代日本众多的
商人和工匠之一，
他们安排关于樱花、菊花
和满月的诗歌。

要是我能够把威尼斯名妓
在凉廊用一条树枝逗弄孔雀，
松开锦缎和腰带的珍珠串，
袒露沉重的乳房和衣服纽扣
留在肚皮上的红痕
描写得如同那天早晨满载黄金靠岸的

---

　*　安东尼·米沃什英译。

大帆船船长所看见的那样逼真；
要是我能够为她们那些埋在
其栅栏门被污水舔着的墓园里的骨头
找到一个比她们最后用过的
那把在墓石下独自等待着光的
腐朽的梳更持久的词，

那么我将不会怀疑。从不情愿的材
料中
可以采集什么呢？没什么，至多是美。
因此，樱花对我们来说应该足够了，
还有菊花和满月。

在我看来，这首诗似乎颇为反常。我们习惯于
把中国诗和日本诗视为某种特别依附传统手法的范
例。因此诗中说话者放弃了追求现实的野心，转而
选择樱花、菊花和满月；这些都是那种与社交游戏没
有什么不同的诗歌的配件，因为那种诗歌是到处都

有人在写的，并根据每个人使用这些配件的技能来评估其成就。"古代日本众多的商人和工匠"是那些在闲暇时写诗的普通人，诗中提到他们，是为了强调作诗者的技艺在整个社会的各种习惯中是不可或缺的。我们在这里看到对波希米亚传统的断然放弃，包括该传统对与世隔绝和离群的诗人的自豪。然而说话者申明他的选择是一种无奈之举，作出这种选择是因为达到某些目标对他来说是不可能的。"要是我可以，"他说。可以什么？描写。接着是对威尼斯名妓的描写，但这些描写却悖论地向我们展示诗人达到了在他看来非他力所能及的目标。然而，由于这整个形象是有条件的，并且只是用来证明文字的不足，因此这些描写是不能满足这位诗人的，充其量只算是一个轮廓，一个草案。在所使用的文字以外，可以感到存在着一种全部人类生命的浓缩：名妓们在接待大帆船船长的时刻，她们那可以设想但未道出的命运，她们的消亡，她们最后用过的梳子。真实世界简直太丰饶了；它要求被命名，但名字无法包揽它,它依然无非是一本资料目录册罢了,不含任何终极意义。

　　作者本人不是其诗歌的最好解释者,但既然我已担当起这个角色,我想说,我在这种对完美摹仿的渴望中看到很严肃的哲学涵义。首先是由笛卡尔发起的关于世界存在于我们的感知之外的伟大争吵,在我这首诗中这场争吵可以说是被当作附带说明来看待,并不引起在我这首诗中说话的诗人的兴趣。世界客观地存在,不管它在人们心灵中有什么不同形态,尽管某一特定的个人的快乐或不幸会赋予它或明或暗的颜色。那个客观世界原原本本的样子是可以看得见的,但我们可以假设,只有上帝才可以绝不带偏见地看见它。诗人意图表现它,却痛苦地明白到语言不足以描写它。其次,热切地渴望拥有一个对象,这除了称为爱不能用任何别的东西来形容。因此,诗人以一个爱上世界的男人的形象出现,但他注定要处于永恒的不满足之中,因为他想让他的文字穿透现实的内核。他不断地希望,不断地被拒绝。

从哲学上说，这非常接近于柏拉图在《会饮篇》中关于爱的讨论。根据我刚念过的这首诗，我们可以进一步说，每个诗人都是爱神厄洛斯的一个仆人，他"在神与人之间做解释，把人的祈祷和献祭传达并说给神听，并把神的命令和回答传达给人；他是中介，跨越神与人之间的阻隔，因此他集所有东西于一身，通过他，先知和祭师的艺术、他们的献祭和神秘和魅力，以及所有的预言和咒语，都找到表达。"*

对威尼斯名妓的描写似乎提供了一个有效的证据，证明语言有能力与世界相遇。但说话者立即弱化了这个结论；最明显的是他提到了卡尔帕乔①的一幅画，那幅画描绘威尼斯一个庭院，名妓们坐在庭院里，用一条树枝逗弄一只孔雀。因此，不仅语言把现实变成一本资料目录册，而且现实也是通过一幅画

---

* 本雅明·乔伊特译，见《柏拉图精选集》(纽约：维京出版社，1961)。

① 卡尔帕乔(1465-1526)，意大利文艺复兴时期画家。

这个中介的调解之后出现的——换句话说，现实不是处于其原生状态，而是已经被安排好了的，已经是文化的一部分。如果现实存在，则我们怎能梦想抵达现实而没有这样或那样的中介，不管这些中介是其他文学作品或由整个过去的艺术所提供的视域？因此可以说，对传统手法的抗拒，非但没有把我们带到某片诗人可以直接与世界相遇的自由空间，例如像创世第一天那样的自由空间，反而再次把我们打回那些已经作为形式存在着的历史地层。 75

　　我这首诗中对名妓的描写，被置于"要是我能够描写"与"那么我将不会怀疑"之间。那怀疑来自这样一个事实，也即材料抵抗文字的多情占有，结果能够从材料中采集到的"至多是美"。如果我理解诗中这个在一定程度上即是我的说话者，则按我的理解，他想到的并不是包含于自然中的美，看见天空、群山、大海、落日的美，而是一首诗或一幅画中的形式之美。他宣称这美不能满足他，因为这美是必须以放弃真实为代价才能获得的，而真实相当于一种完美的摹仿。樱花、菊花和满月是现成的东西,可为古代日本某个商人或工匠所利用,来一而再地安排美的形式。他说这应已足够,这项声明含有一丝儿反讽,并且事实上是宣布与古典主义存在分歧。

在此,我的目的是要说明一种矛盾,这矛盾存在于诗人的奋斗的根基中。科哈诺夫斯基或其他文艺复兴时期的诗人并未清楚觉察到这个矛盾。今天,要逃避对不同迫切性之间的内在紧张的意识,是很困难的。这样的紧张并没有使我关于诗歌是"对真实的热情追求"的定义失效。相反,它使这定义更有重量。

五 废墟与诗歌

现在我打算谈论经严格定义的时间和地点里的　
诗歌经验。时间是一九三九年至一九四五年,地点
是波兰。我觉得,此举将可为许多已触及的问题提
供明确的例证。我应事先提醒你,在第二次世界大
战之前,波兰诗人的兴趣和问题与他们在法国或荷
兰的同行并没有多少差别。虽然波兰文学有自己的
特色,但是波兰与其他欧洲国家一样,属于同一个文
化圈。因此我们可以说,波兰发生的事情,等于是一
位欧洲诗人遭遇二十世纪的地狱,而且不是地狱的
第一圈,而是要深得多。换句话说,这个处境有点像

实验室:它使我们可以检验在某些历史条件下现代诗发生了什么事情。

在现实的组构中,形成一层层程度不同的需要,而当不幸降临人类某个集体时,这些需要便会显露出来,不管这不幸是战争、恐怖统治还是自然灾难。这时,填饱肚子要比寻找适合自己口味的食物更重要;对一个同类展示最简单的人类善意,其重要性也远胜于任何心灵的精致。一座城市、一个国家的命运,成为每个人关注的中心,人们因失恋或心理问题而自杀的数目骤降。一切事情都被严重简化,一个人会问自己,为什么他早前会对现在看来无足轻重的东西那么在意。不用说,人们对语言的态度也变了。语言恢复其最简单的功能,再次成为服务某个目标的工具;谁也不怀疑语言必须命名现实,这现实客观地存在着,庞杂,可触摸,有着可怕的具体性。

在战时,诗歌是地下文学的主要体裁,因为一页纸就足以容纳一首诗。诗歌以手稿或以秘密出版物的形式流传,以口头或歌唱方式散播。几年前出版的一部诗选《战斗的波兰诗抄》厚达一千九百一十二页,收录的诗和歌,大部分写于德国占领时期。[*] 诗选绝大多数具有记录性价值,而且在当时发挥了重要作用;今天我们难以给予它们高度的艺术评价。仅有若干作品表明略通诗歌技艺。然而,它们全都符合米哈乌·博尔维奇在他那本关于监狱和集中营文学的著作中发现的规律:它们风格上属于战前时期,但同时它们试图表达"新东西",可这新东西是现成概念和表达手段所难以捕捉的。这种诗歌常常太啰唆,在其号召战斗时往往太露骨,同时,在较深层次上,它表现得像个哑巴,徒劳地试图从其喉咙里挤出一点听得懂的声音;极度渴望发言,却无法成功传达任何实质性的东西。要等到迟一些,在战后,在强烈感到需要为一种极其难熬的集体经验找到表达方式这样的压力下,波兰诗歌才开始脱离很多国家的战前诗歌所共有的风格模式。

---

[*] 华沙:国家出版社,1972。

　　　如果要用一个词来定义所发生的事情，我们可以说：解体。人们总是生活在某种秩序之内，难以设想没有那种秩序的时刻是什么样的。现有概念和标准突然崩溃的情况是罕见的，只有在最动荡的历史时期才看得到。也许，经历过大革命和拿破仑战争的几代法国人有过类似的感受，也许在内战结束后南方的美国人也觉得他们见证了他们整个生活方式的毁灭。不过，总的来说，十九世纪没有经历过二十世纪那种快速而猛烈的改变，后者惟一可能的类比，也许是我们从修昔底德著作中了解到的伯罗奔尼撒战争。然而，我所说的解体，在十九世纪已经开始了，尽管它发生在表面之下，只有少数人觉察。希特勒与斯大林在一九三九年八月二十三日达成的协约，把欧洲的全部毒害都表露无遗，打开了一个潘多拉的盒子。这无非是实现了种种早已准备好、只等待显现的事情。需要牢记这种奇特的事件逻辑，才能理解诗歌如何反应。也许，陀思妥耶夫斯基在宣布欧洲文化终结时，在很大程度上受到他那俄罗斯人的反西方情结的刺激。但是，波兰诗人恰恰是以这种方式把欧洲一个又一个阶段地陷入非人性境地视为全部欧洲文化的终结，以及它的耻辱。

对文化的主要责备，一种最初太难表达、最后终于表达出来的责备，是它维持了一个意义和象征的网络并以此作为一个表面，来掩盖进行中的种族灭绝。同样地，宗教、哲学和艺术也被怀疑是同谋，用崇高的理念来欺骗人，以便遮蔽存在的真相。似乎只有生物学的东西是真实的，一切都被简化为物种内部的一场斗争，简化为适者生存。没错，但是那种简化早已经发生。整个价值体系已经被摧毁，包括善恶分明、美丑分明的划分，还有真理的概念，也都已经被摧毁。因此，尼采宣布"欧洲虚无主义"时，他并非完全错。然而，那个表面还维持着，并引发了愤怒的责备："你们谈什么人的尊严，说人是根据上帝的形象和样貌创造、根据善和美创造的生物，但看看发生的事情吧；你们应为你们的谎言而感到羞耻。"整个欧洲文化遗产受到不信任和嘲弄。这就是为什

82

么在战争结束很多年后,耶日·格罗托夫斯基①以如此奇特的方式把斯坦尼斯瓦夫·维斯皮安斯克②写于一九〇四年的戏剧《卫城》搬上了舞台。这出戏是根据荷马和圣经一些事件改编的,因而也是西方文化主要构成部分的概括。在格罗托夫斯基的版本中,这些事件是由穿着条纹囚衣的奥斯威辛囚徒演出的,对话则伴着酷刑。只有酷刑是真的,演员背诵的诗歌的崇高语言在对比之下充满讽刺色彩。

以如此概略的方式来审判文化,肯定会引起严重的怀疑,因为它简化了人类状况,如此一来便远离真相,如同过去各种悲观和世纪病情绪造成的那样。在经历了各类最可感可触的解体之后,虽然听起来很奇怪,但波兰诗歌再次加入被"欧洲虚无主义"污染的西方诗歌,不过却赋予"欧洲虚无主义"更激烈

---

① 耶日·格罗托夫斯基(1933–1999),波兰戏剧导演。

② 斯坦尼斯瓦夫·维斯皮安斯克(1869–1907),波兰剧作家、画家和诗人。

的表达。在战后崛起的塔德乌斯·鲁热维奇①的诗歌就是这样。他的特点是在审判文化的同时,常常利用从该文化借来的简略表达和符号,例如在对《暴雨风》②进行戏仿的《普洛斯佩罗的斗篷里什么也没有》一诗中。智慧的普洛斯佩罗在其岛屿上把一套人类话语和礼貌的规矩教给卡列班,但他的教化力量只是一个骗局。

奴隶卡列班 83
学了人类语言
等待着

他的杯子在粪中
他的脚在乐园里
他嗅着人

———————————

① 塔德乌斯·鲁热维奇(1921-),波兰诗人。
② 指莎剧。

等待着

没有什么到来
普洛斯佩罗神奇的斗篷里什么也没有
没有什么来自街头和嘴巴
来自讲道坛和塔楼
没有什么来自扩音器
对没有什么
说没有什么

　　这类诗似乎完成了一种替代功能，也即，它们把矛头对准人类语言、历史以至社会中的生活结构，发出全球性的谴责，而不是指出愤怒和厌恶的具体理由。之所以发生这种情况很可能是因为，如同战时波兰的情况所表明的，现实不仅逃避语言手段，而且是深刻创伤的来源，包括一个被盟友出卖的国家自然会有的创伤。
　　战时的现实是一个重大题材，但重大题材还不够,甚至反而使得手艺的不充足变得更可见。尚有另一个因素,使艺术显得难以捉摸。高贵的意图理应受到奖励,具有高贵意图的文学作品理应获得一种持久的存在,但大多数时候情况恰恰相反:需要某种超脱,某种冷静,才能精心制作一个形式。人们被抛入使他们痛苦呼叫的事件之中,很难找到把这种材料加以艺术转化所需的距离。很可能没有任何语言像波兰语那样,有那么多可怕的诗,都是记录大屠杀;除了极少数外,这些诗虽然幸存下来,其作者却死去了。今天,读者会在两种矛盾的评估中犹豫。面对暴行的事实,文学这个想法似乎是不合适的,而我们也不免要怀疑,某些现实区域究竟能不能成为诗或小说的题材。但丁《地狱篇》中的罪人所受的酷刑,毕竟是作者发明的,而且形式使它们的虚构特征变得很明显。它们并不像纪实诗中描写的酷刑那样令人觉得粗鄙。另一方面,纪实诗由于使用韵律和诗节,所以它们属于文学,而出于对死难者的尊敬,我们不免要问,是否有一种更完美的诗歌,比这种仅止于事实层面的诗歌更适宜作为纪念碑。

　　战后，消灭波兰犹太人这个主题，出现在多位作家的诗中，这些诗有的被收入选集。但是按严格标准看，我们可以说该题材超出了作者们的能力，它像一道高墙耸立在他们面前。这些诗被视为好诗，主要是因为它们以高贵的意图打动我们。为猛烈的暴行经验寻找表达方式之困难，可用安娜·斯维尔什琴斯卡①作为典型例子。她战前以一本颇可爱和雅致的散文诗集登上诗坛，诗集表明她对艺术史和中世纪诗歌的兴趣。这并不奇怪，因为她是一位画家的女儿，在父亲的画室里长大，在大学则攻读波兰文学。不管是她，还是她的读者，都猜不到她对插图手稿和小型画像的偏爱，有一天会为她带来什么用途。

　　战争期间，斯维尔什琴斯卡住在华沙。一九四四年八月份至九月份，她参加华沙起义。在六十三

---

　　①　安娜·斯维尔什琴斯卡(1909-1984)，波兰女诗人，现时一般称为安娜·斯维尔(Anna Swir)。

天内,她目击并参与这座一百万人口的城市发起的战斗,对抗坦克、飞机和重炮。该城市一条街一条街逐渐被摧毁,幸存者被放逐。很多年后,斯维尔什琴斯卡试图在诗中重构这场悲剧:筑街垒;地下室医院;被轰炸的房屋坍塌后把避难的人活埋;缺乏弹药、食物和绷带;以及她本人作为一位军队护士的历险。然而,她这些尝试没有成功:它们太唠叨、太哀怜,她销毁手稿。(还有,俄罗斯扮演了镇压起义的角色,因此在很长时期内起义是一个被禁止的题材。)要等到事过境迁超过三十年后,她才找到令她满意的风格。说来也奇怪,那竟是她青年时代发现的小型画像的风格,但这一回不是应用于绘画。她的诗集《筑街垒》*都是非常短的诗,没有格律,没有押韵,每首诗都是一篇关于单独一件事或场景的微型报告。这是一种最谦逊的摹仿的艺术:被记忆的

---

* 马格努斯·J.克伦斯基、罗伯特·A.马奎尔英译(克拉科夫:文学出版社,1979)。

现实,是至高无上的,并支配表达手段。诗中有一种浓缩的企图,力求只保存根本性的文字。没有比较或隐喻。然而,诗集具有高度的艺术组织,并且,譬如说那首与书名同题的诗,是可以通过数百年来沿用的源自希腊文的修辞术语例如首语重复、尾词重复、紧接反复等等来分析的。

筑街垒

我们很害怕,当我们在枪弹下
筑街垒。
客栈老板、珠宝商的情妇、理发师,我们都
是懦夫。
那个女仆用力扳一块铺路石时
倒在地上,我们都很害怕
我们都是懦夫——
看门人、市场女贩、退休者。

86　　那药剂师拖一扇厕所门时

倒在地上，
我们更害怕了，走私女人、
裁缝师，街车司机，
我们都是懦夫。

一个来自少年犯管教所的孩子
拖一个沙袋时倒下了，
你看，我们真的
很害怕。

虽然没人强迫我们，
我们筑街垒，
在枪弹下。

　　斯维尔什琴斯卡常常使用小型独白或对话这种
形式，把信息尽可能地压缩进去。小诗《一个女人对
邻居说》包含整个生活方式，那是该城市持续不断受
炮弹轰炸时地下室里的生活。各地下室的墙被挖

通,互相连结起来,形成一座地道城市。正常情况下
被接受的观念和习惯,在地下城市都得重新评估。
食物比钱重要,因为获取食物常常要冒险进入火线;
香烟有了相当大的新价值,被用作交流工具;人际关
系也不同于我们平时的标准,剥去一切表面的东西,
只剩下最基本的形状。在这首诗中,我们很可能会被
这种状况与和平时期状况的比较所打动,因为男女凑
在一起往往不是由于互相吸引而是由于害怕孤独:

　　　　一个女人对她的邻居说:
　　　　"丈夫牺牲后我就睡不着,
　　　　一听到枪声,我就钻到毛毯下,
　　　　整夜在毛毯下发抖。
　　　　要是我今天单独一人我一定会发疯,
　　　　我有丈夫留下的香烟,
　　　　你晚上一定过来坐坐。"

　　　像斯维尔什琴斯卡这样的艰巨任务,写日记似

87

的重构数十年前的事件,在战后波兰诗歌中是罕见的。另一位诗人米龙·比亚沃谢夫斯基①也成功地在其散文集《华沙起义回忆录》*中做到了这点。以前,他的诗没有迹象表明它们的作者有过他在这部回忆录中所述的经验。然而,这本书出版之后,却披露了他诗中一个特质。《回忆录》是忠实地、反英雄地、不带感情地描写解体:被炸毁的房屋和整条街,人类四肢的解体,还有日常用品和人类对世界的看法的解体。一个见证过这种解体的人,只能像诗人比亚沃谢夫斯基后来那样写作。很长时间里他没有发表作品,这一点也不奇怪,因为很难找到比他更远离官方乐观主义的诗歌。他的诗歌对文化的不信任,一点不亚于鲁热维奇,但他的诗歌尤其不信任语言,因为语言是一块布料,所有哲学和意识形态的衣服都是从那里剪裁出来的。

---

① 米龙·比亚沃谢夫斯基(1922–1983),波兰诗人和作家。

* 马德琳·莱文英译(安阿伯:阿迪斯出版社,1977)。

我们可以说，比亚沃谢夫斯基是在做剖腹手术，因为他达致一种简约，试图在某种他能够相信的东西周围画一个圆圈，即使是一个小圆圈。他似乎把现实分成两层：较高的一层包括所有形成文化的东西，即教堂、学校、大学、哲学教条、政府体系，第二层也即较低的一层，则是最实在的生活。人们去杂货店，使用一只碟、一支汤匙、一支餐叉，坐在椅上，开门关门，而不管"上面"发生什么事。他们用一种漠视正确语法和句法的语言沟通，他们用破碎的词语、中断的句子、哼哼哎哎、沉默和特殊声调来表达。比亚沃谢夫斯基想待在那个低层的日常世界及其语言里。他像一个罗马人，目睹罗马的灭亡，在最耐久的东西中寻找帮助，因为最耐久的东西即是最基本和最微不足道的，因而可以在国家和帝国的废墟中生长。最近数十年来的诗歌，不只在波兰而且在各国，都已放弃了格律和押韵，并开始把文字缩减至基本要素；在这方面比亚沃谢夫斯基的不同之处，只在于他的尝试很激进。但他身上还有别的东西，那是一

88

种气息式的摹仿——在华沙街头的普通语言中他听到"沙沙响、断断续续、流动",而他则以一种近于讲不清楚的咕哝草草记录它们。他以这种措辞,记录他生命中和他的同伴们的生命中各种微不足道的日常事件,把诗歌与散文混在一起,尽管诗歌与散文的界线原本就已模糊到其差异性已变得毫无意义的程度。整体地看,这些诗构成了对这座他生长其中并看到它毁灭和重建的城市街道的纪事。对我来说,最令人感兴趣的是比亚沃谢夫斯基作品中的民主特质。像我刚讨论过的其他诗人一样,他悖论地打破波希米亚的格局,使得诗人与"人类大家庭"之间的分裂不再存在了。这并不意味着他吸引每一个人,因为在某种意义上比亚沃谢夫斯基是一位前卫派继续者和反诗人。他的例子表明,诗人的重新融合并不意味着要讨好大多数人的品位。但比亚沃谢夫斯基本人并不是疏离的——他是作为群众中的一员讲话的,他没有摆架子,不是站在远处,而是与出现在他散文诗中的人物保持真挚关系。

玩弄词尾变化的各种古怪特点和玩弄大量后缀的措辞，是不能翻译成另一种语言的，因此比亚沃谢夫斯基通常是不能翻译的，尤其是随着时间推移，他对碎片式、速记式记录的偏好有增无已。不过，他早期的一首诗，却可以使我们略窥他对某种稳定的东西的追寻，即使这东西平常如在商店购物：

　　　　下楼去商店之歌

首先我下楼去商店
依靠楼梯，
想想吧，
依靠楼梯。

接着认识或不认识的人
经过我而我经过他们。
遗憾
你不能看见
人们怎样走路，

遗憾！

我走进一家完整的商店：
玻璃灯在发光。
我看见某个人——他坐下来——
可我听到什么？我听到什么？
袋子的沙沙响和人类的说话声。

而我是的，
是的，
就回来了。

　　战时的解体经验给波兰诗歌打下如此深刻的印记，很可能是因为战后建立的秩序是人工的，是从上面强加下来的东西，与幸存下来的各种有机纽带例如家庭和教区教堂发生冲突。最近数十年来波兰诗歌的最瞩目特点，是它想在无序和所有价值的彻底流动之中寻求平衡，这种特色具有足够的普遍重要性,值得我们在这里予以重视。比亚沃谢夫斯基的方案,可以称为极小主义。

在物体的世界中寻求庇护,提供了一种大致相似的解决方案。世事是不确定和难以言传地痛苦的,但物体代表一种稳定的现实,它不会随着恐惧、爱或恨的反应而改变,而且"行为举止"永远合乎逻辑。兹比格涅夫·赫伯特①是一位安静、矜持的诗人,倾向于美术字式的简明。他选择勘探物体世界。他的例子证明了我关于波兰诗歌重新加入西方诗歌的说法,因为两者都面对解体,尽管这解体在性质和强度方面各不相同。赫伯特有时候令人想起亨利·米肖②,但是他那些被称为"神话诗"的作品(关于物体的诗)最接近于弗兰西斯·蓬热③。两者之间一个明显不同是赫伯特对物体持个性立场而蓬热退回到

90

---

① 兹比格涅夫·赫伯特(1924-1998),波兰诗人。

② 亨利·米肖(1899-1984),法国诗人。

③ 弗兰西斯·蓬热(1899-1988),法国诗人。

非个性观察者的角色。在赫伯特的作品中，一个充满人类斗争和痛苦的空间，为物体提供了背景，因此一张椅或一张桌之所以珍贵仅仅是因为它免除了人类的属性并因此而值得羡慕。他诗中的物体似乎遵遁这样的推论：欧洲文化进入一个善与恶和真与假界限分明的标准已消失的阶段；与此同时，人变成强势集体运动的玩物，这些运动擅长于颠倒价值，于是乎从今天到明天，黑就变成白，犯罪变成值得称赞的行为，明显的谎言变成必须遵守的教条。更有甚者，语言被当权者侵吞，他们垄断大众传播，能够改变文字的意义，使之适合他们。个人被置于双重攻击中。一方面，他必须把自己视为各种社会、经济和心理的决定因素的产物。另一方面，他自主权的丧失获得政治权力的极权本质的确认。这类环境，使得对世事的任何看法都变得不确定。在赫伯特一首诗中，叙述者听到良心的声音，但他无法破解那声音到底要说什么。在另一首诗《福丁布拉斯的哀歌》中，哈姆雷特失败是因为他有"清晰概念"，那等于未为人生做好准备,而讲究实际的福丁布拉斯则相当于对机会主义大唱赞词。赫伯特告诉我们,与根基摇摇欲坠的人类领域相反,物体具有仅仅存在而已的美德——它们可以被看见、被触摸、被描述。

　　同样的想法似乎也见诸弗兰西斯·蓬热的诗中,只不过他转向物体是表明某种渴望,渴望超越心理学;在赫伯特那里,物体是他与历史相遇的一个因素。历史以一种缺席的方式存在于一个物体中:它以一个减号,以物体对它的漠不关心,来使我们意识到它。

小卵石

小卵石
是一种完美的生物
能应付自己
知道自己的极限

准确地充满
小卵石累累的意义

充满一种秘密,这秘密不会使你想起任
何东西

不会吓走任何东西不会激起欲望

它的热情和冰冷
是合理且充满尊严的

我感到一种沉重的自责
当我把它攥在手里

它那高贵的身体
被假温暖弥漫着

小卵石不能被驯服
直到最后它们都将望着我们
用平静而清澈的目光

不幸地，人类并不是"能应付自己"的。赫伯特读过二十世纪哲学，知道人的定义是"他是他所不是的，他不是他所是的"。在萨特著作中，正是这，使人乖异于自然，因为自然是自己确立自己、应付自己的，并被称为"自为自在"。它知道"自己的极限"，而人的特点则是穷尽一切努力要超越所有极限。因此这首诗是争辩式的：它表明诗歌并不是非要避开哲学。所以，《小卵石》不能算是一首纯诗。

小卵石不受感情的束缚，而正是感情导致痛苦。小卵石没有或好或坏的过去经验的记忆，没有恐惧或欲望。人类的热情和人类的冰冷，可以积极地看待，也可以消极地看待，但在一枚小卵石中，它们是合理和充满尊严的。易逝而短命的人，在面对一枚小卵石时感到自责。他意识到他自己是一种假温暖。最后三行包含一种政治暗示，尽管读者一开始未必会发觉。小卵石不能被驯服，但只要统治者够狡猾，并成功地应用软硬兼施的手段，则人是可以驯服的。被驯服的人充满焦虑，因为他们内心掩藏着自责;他们不敢面对面直视我们。小卵石则用"平静而清澈的目光"望着我们,直到最后。什么样的最后?我们也许会问。很可能是直到世界终结之日。这首诗在结尾,带有末世论的色彩。

诗歌以意想不到的转折和转换来迎接历史的挑战的最后一个例子,由我已故的友人亚历山大·瓦特①提供。瓦特留下一部巨著——回忆录《我的世纪》,现正译成英语。这本书讲述他一生的经历,可以说抵得上十个人的经历;还讲述了一个人的命运如何奇特地取决于二十世纪的各种哲学。在青年时代,大约在一九一九年前后,瓦特是一个未来主义者。接着,在一九二七年,他出版了一本反常的寓言式故事集《路西法失业》,这乃是"欧洲虚无主义"的醒目例子。一九二九年,他成为两场世界大战之间那个时期波兰最重要的共产主义刊物《文学月刊》的主编。波兰在一九三九年被希特勒和斯大林瓜分之

---

① 亚历山大·瓦特(1900-1967),波兰诗人和作家。

后,瓦特发现自己被划入苏联区,在那里他被监禁,
罪名是托洛茨基分子、犹太复国主义者和梵蒂冈间
谍。在很多年间,他辗转于各监狱,被流放到苏联亚
洲地区。之后,在一九四六年,他回到波兰,很快又
被指背离社会主义现实主义信条。还必须指出,如
同他在回忆录中强调的,他在精神上受犹太教、天主
教和无神论同等程度的影响。

93

　　因此可以说,瓦特是欧洲心灵的波兰变体的种
种历险之典型,即是说,那个心灵不是存在于某个抽
象空间,使得基本的东西——饥饿、恐惧、绝望、欲
望——难以渗透进去。瓦特亲身经历了二十世纪各
种哲学最可感知的形式。如同他自己说的,他出入
"十四座监狱、众多医院和无数旅馆",总是担当由当
权者强加的角色:囚犯、病人、流放者的角色。继他
青年时代的未来主义时期之后,他在很长的时间内
实际上放弃了诗歌。他在年老时才完成他作为诗人
的角色。他的晚期诗是这样一个人所写的某种杂
记:他被锁在"他的痛苦的四壁内",这痛苦是肉体痛

苦。不仅如此,瓦特还把自己的痛苦视为一种惩罚,惩罚他所犯的严重罪孽。这个罪孽,在二十世纪广泛蔓延,娜杰日达·曼德尔施塔姆①在回忆录中对此作了定义。她说,诗人做什么事情都可以原谅,惟独一定不可以做诱惑者,不可以利用他的才能使读者相信某种非人性的意识形态。瓦特对自己在二十年代的虚无主义活动和之后担任对波兰影响如此之深的共产主义刊物《文学月刊》主编的工作,作出严厉的裁决。

善变、高度主观的杂记——这就是瓦特的晚期诗,至少表面上如此。他谈论自己,但某些意想不到的变形把他对自己的痛苦的记录,变成对二十世纪的痛苦的记录。瓦特的例子似乎证实了我的假设,也即一旦现实超越了任何命名它的方式,则我们只能以绕道的方式袭击它,例如以某个人的主观性来

---

① 娜杰日达·曼德尔施塔姆(1899-1980),俄罗斯诗人曼德尔施塔姆的妻子。

反映它。在《小卵石》一诗中，当赫伯特说到人的命运并赞美与命运相反的无生命的自然时，他使用了一种特别的否定式。瓦特在年近七十时写的《地中海诗篇》，是一个被社会遗弃者的回忆，他是各种信仰和教条的资深追随者，他生病了，置身于阿尔卑斯山脚的石头风景中，正在做一次总评估。我想，好像是德国哲学家阿多诺说过，大屠杀之后，诗歌是不可能的。在瓦特的私人诗歌杂记中，没有提到大屠杀，也没提到他与另一百多万人在被放逐到俄罗斯期间的经历。他的呐喊是约伯的呐喊，他只说出一个幸存者得出的结论。如同在赫伯特诗中，这里无生命的自然也一样成为被羡慕的对象。

厌恶一切活着的事物我退回到石头世界里
去：在这里得到解脱，我想我将从上面观察，
但

不带骄傲，观察那些
在混乱中纠结的事物。我有一双石头的眼

晴,我自己

　　　　也是石头中间一块石头,也像它们一
样敏感,

　　　朝着太阳的旋转搏动。退回到

　　　　　　我自己深处,石头的深处,

　　　静止不动,沉默;变冷;通过削弱的存在

　　　　　　而存在——在月亮

　　　那冷引力中。像沙在沙漏中

　　　　　　　　　　减少,均匀地,

　　　不停地,始终地,一颗颗。因此我只应

　　　顺从昼夜的节奏。但是——

　　　这些节奏中没有舞蹈,没有晕眩,没有狂
热:只有

　　　　　　苦行的规则和沉默。

　　　它们不变成什么,它们就那样子。没有别
的。没有

　　　　　　别的,我想,我厌恶

　　　所有变成什么的东西。

在二十世纪,诗歌可以是什么？在我看来,似乎是在寻找一条界线,在界线外只有一个无声地带;而在那条界线上,我们遇到波兰诗歌。它是个人和历史的独特融合发生的地方,这意味着使整个社群不胜负荷的众多事件,被一位诗人感知到,并使他以最个人的方式受触动。如此一来诗歌便不再是疏离的。如同疏离这个词的词源学所暗示的,诗歌不再是社会中的外国人。如果说我们必须选择像波兰这样不幸的国家的诗歌来了解诗歌中那巨大的分裂是可以治愈的,那么这种了解并不会带来什么安慰。然而,波兰诗歌的例子使我们获得某种角度去透视诗人与"人类大家庭"分裂时诗人的某些仪式。显然,想把诗歌截然分成"疏离"和"非疏离",将会遇到严重的困难。我没有精确的界线,故不想在这里妄加判断。

我已援引过的马拉美十四行诗《爱伦·坡之墓》是象征主义的一个宣言,因此提供了一些有价值的暗示。埃德加·爱伦·坡被称为天使,他想"把更纯

95

粹的意义赋予部族的文字"。奇怪的是,恰恰是坡对英语的使用和他诗体的形式导致他在美国诗歌史上被边缘化。但是神话需要一场天使与群众的九头蛇之间的冲突,而在这里坡的生活和法国与美国之间的距离都提供了帮助。对个人的理想化,当然是源自浪漫主义,这个个人孤独、不被了解,在社会中肩负使命;因此,法国象征主义是作为浪漫主义遗产的一个特殊变体而崛起的。在浪漫主义里,诗人必须预言、领导、打动人心,而在这里我们则有纯粹性和洁身自爱,与粗俗和肮脏相反。一方面,是天使和"更纯粹的意义";另一方面,是"黑色混合物形成的污秽之流"。但是马拉美这首十四行诗的结尾,很可能是关键处:坡的花岗岩墓将永远成为一个界标,是"奔泻的黑色亵渎之词"不能跨越的。

一个将永存的界标。这里我们可以看到马拉美的十四行诗如何不同于浪漫主义。诗人与群众之间 96 的关系被定义为稳定的,不受那些将被历史运动改变的环境所影响。社会如同树和岩石一样是既成的，被赋予坚固、确定的存在，这种存在在十九世纪资产阶级的法国是十分典型的。正是这首十四行诗中描写的诗歌的孤立这一方面，使我们觉得与我们在二十世纪知道的东西不相容。社会结构是不稳定的，它显示巨大的灵活性，因此艺术家的地位并不是一成不变的。为了对马拉美公平，让我们回想一下，他似乎说了与贺拉斯一模一样的话，贺拉斯说自己是"缪斯们的一位祭师"，并宣称"我讨厌渎神的群众并与他们保持距离"。但是，这种相似性是虚假的，因为我们面对的是两个不同的历史语境。

　　换句话说，波兰诗人发现，象征主义者眼中如此不祥的九头蛇，实际上是颇虚弱的；他们发现，为诗人与群众之间的争执提供框架的既成秩序，可以今天存在明天就消失。从这个角度看，马拉美这首十四行诗是一首典型的十九世纪作品，在那时文明似乎是某种获得保障的东西。当然，波兰诗人可能会责备他们的西方同行，后者一般来说都是在重复那位孤立的诗人特有的思想格局。那个责备，将是责备他们在评估现象时缺乏等级制的意识,或者更简单地说,缺乏现实主义。在口语里,"不现实"这个词表示错误地呈现事实,并暗示混淆了重要与不重要,而这是对等级制的扰乱。所有现实之所以都是等级制的,无非是因为人类的种种需要和威胁人类的种种危险都是按等级安排的。什么才应占据第一位,并不容易达成共识。它并非总是面包;它常常是文字。死亡并非总是最大威胁;奴役常常才是。然而,任何认同存在着这种等级制的人,其行为是与某个否认它的人不同的。诗歌行为随着诗人的意识所包含的背景现实之深浅而改变。在我们这个世纪,那个背景在我看来是与那些被我们称为文明或文化的事物之脆弱性相关的。此时此刻,围绕着我们的东西,并没有获得什么保障。它完全也有可能不存在——因此,人用废墟中找到的残余来建造诗歌。

六　论希望

到目前为止,我谈论的诗歌,都关涉到思想心态
的转变,关涉到所有我们老想称之为时代精神的东
西,尽管谁也说不清时代精神究竟是什么。但现在
我要问一个简单的问题:要是当今诗歌中如此广泛
扩散的哀叹之声最终被证明是对人类置身的无望处
境的先知式反应,那将会怎样呢? 果真如此,则诗歌
将再次证明它比一般市民更有意识,或诗歌无非是
强化了原本就存在于人们心中但被遮蔽了的东西。

　　在十九世纪,有关西方文明已经衰落和随时会
崩溃的看法,首先在俄罗斯思想中表达出来,而在这

方面陀思妥耶夫斯基也不例外。同样的看法很快也出现在西欧。巴黎《颓废》杂志在一八八六年说:"掩饰我们已置身的颓废状态,将是荒唐的。宗教、习俗、正义,一切都倾向于衰落。"被称为颓废的东西很快就在波希米亚中间变成一场运动和一种时髦,如同数十年后的存在主义。还有,在一九〇〇年左右,儒勒·凡尔纳宁静的科幻小说被各种不祥的预言取代,包括总体的大灾难和机器逃避人类的控制并反过来统治人类。捷克作家卡雷尔·恰佩克[1]发明的斯拉夫语 robota 成为各种语言中的共通语,被称为"机器人"(robot)。

技术作为科幻小说的题材,亦难以觉察地获得了政治色彩,创造某个未来社会的形象,那个未来社会是没有什么希望的。也许,对十九世纪乐观主义的告别,在 H. G. 威尔斯[2]的《时间机器》(1895)中就

---

① 卡雷尔·恰佩克(1890-1938),捷克作家,以科幻小说闻名。
② H. G. 威尔斯(1866-1946),英国作家,以科幻小说闻名。

已经开始了,我们这个世纪则产生了关于未来极权主义制度的小说,例如叶夫根尼·扎米亚京[①]的《我们》(1926)、奥尔德斯·赫胥黎[②]的《美丽新世界》(1932)和乔治·奥威尔[③]的《一九八四》(1948)。为平等起见,我要提一提斯坦尼斯瓦夫·伊格纳齐·维特凯维奇两部在西方少为人知的小说:《告别秋天》(1927)和《不知足》(1930;英译本出版于1977)。这种预言文学呼应了人们对未来的普遍和近乎着魔的关注,而这是可以理解的,因为伟大的转变总是在一个人一生历程中某种切身的环境下发生的。我们再次感到"历史的加速度"。

省思某些作家的预言在多大程度上成真,是很有趣的。在某种意义上,陀思妥耶夫斯基表面上只是在写他的同代人。他曾经说,"一切都取决于二十

---

① 叶夫根尼·扎米亚京(1884-1937),俄罗斯作家。

② 奥尔德斯·赫胥黎(1894-1963),英国作家。

③ 乔治·奥威尔(1903-1950),英国作家。

世纪",他试图猜测二十世纪的人是什么样子的,如同他那位被列宁荐举为大师的对手车尔尼雪夫斯基①。现在我们知道,陀思妥耶夫斯基完全配得上先知这个称号,哪怕仅仅作为《群魔》的作者。然而,读他时,我们似乎发现任何预言总会有的局限性。这类预言很可能永远像一排被扭歪的铅字,使得某些行的次序改变了,句序打碎了;或换一个说法,它们就像一系列镜子,使你很难分清现实与幻觉。即是说,所有数据都在那儿,被正确地预知,只是它们的关系和比例被扰乱了。因此可以说,未来永远是透过一面镜子被昏暗地看到的。

我们是否也应把先知的称号给予譬如说十九世纪末期某位阅读陀思妥耶夫斯基和尼采、钦佩叔本华并寻求通过做涅槃之梦来治疗沉闷和无聊的"颓废"派?如果他选择自杀这种并非不常见的办法,那么即将要发生的那些大事将会为他这种行为提供一

---

① 车尔尼雪夫斯基(1828-1889),俄罗斯革命家、作家、评论家。

定的合理性。我们仍未完全理解一九一四年这个年份对欧洲意味着什么，以及欧洲命运的天平在当时强烈地倾斜的程度。颓废派写的悲观诗歌也许就是被编成密码并被昏暗地看到的未来。实际发生的事情，总是有一点儿不同于我们意识或下意识的期待，但那"一点儿"却意味着激烈的分歧。自那时以来发生的太多事情，不能不使我们对来自一九〇〇年的心态感到完全陌生，尽管我们看到那些折磨颓废派的问题都是有根有据的。

后来，当第一次世界大战似乎只是欧洲历史上一段残暴的插曲时，便有一种企图，企图培养某个神话，但这神话被证明是短命的，今天已被遗忘。这就是"无名士兵"①的神话。他的墓上摆满花圈，有很多诗写这个题材。这个神话曾有一阵子被证明对各国颇强大的和平主义运动有帮助；这些运动与左翼政

---

① 又称为"无名战士"，指其遗体被选来代表所有阵亡士兵接受国葬的士兵。

治结盟,无意中为独裁者的胜利奠定了基础。在二十世纪二十年代,同一位诗人往往既写过关于无名士兵的诗,又写过关于芥子气的诗。因为有一点不应忘记,下一场世界大战是被设想成毒气战的,而第一次世界大战临结束时在伊普雷首次使用的芥子气则成为一个象征,如同后来的原子弹。这里,预言再次被证明不是很准确。当第二次世界大战爆发时,其恐怖程度是任何人都未曾预见到的,而且敌对双方在战场上都没有利用毒气。

104　　　今天科幻小说和诗歌中出现的不祥预言足以编成一本目录册。就某种气氛会促成借用主题而言,以及就预言本身的不确定性而言,我们应以一定剂量的怀疑来看待这类焦虑。这并不意味着在二十世纪末对人类处境作一番严肃评估,会特别令人放心。由于如我所言,诗人应忠于现实,以一种等级制的意识来评价现实,因此如果我暂时把注意力转向政治家和经济学家日思夜想的那些问题,应不算离题。

　　我们正在通往全球一体化的途中。暂时来说,一体化是在科学和技术领域进行，它们在哪里都是一样的。这是一个单一文明胜利的结果，该文明崛起于小小的西欧半岛。多亏其神学家们的争论，该文明发展了抽象思维的机制，该机制后来被应用于科学发现。它已战胜并几乎摧毁了那些本身已逐渐被包围的较静止的文明。各种各样的技术发明，包括武器和汽车，电晶体和电视，都是它的征服工具，也是它的哲学代表。与此同时，这个欧洲半岛向全球输出其内部危机，主要是其政治体制的危机。科学技术革命发生在由国王统治的君主国框架内，这些国王的权威是神授的，而这意味着一种垂直结构：上面是神，下面是人。当权威的来源转移到人民，转移到以选票表达的"共同意志"时，便发生了剧变。卢梭从由瑞士一个小州全部人口选举出来的地方议会获取的模式，一旦应用到有数百万居民的国家，再加上影响公共舆论的方法一旦开始复杂起来，就变得愈来愈抽象。如果说十九世纪似乎到处都在迈向105民主的话，那么二十世纪则给民主带来一系列失败。

民主已证明它没有什么能力把自己扩大至它的起源地区西欧半岛和北美以外的地方。更有甚者，拥有民主制度的国家的居民，大多数受到两重影响，也即既对民主的活力缺乏信心，又必须提防一个步步进逼的极权制度的侵略。

那个极权制度，其用来为自己唱赞歌的语言也同样是源自共同意志这个概念，并相应地修改了该概念。统治者们以体现某个共同意志的面目出现，但如果让这个共同意志自己去运作，它根本就不知道自己的真正欲望是什么。极权主义特点之一是把人们当成儿童来对待，不许他们玩火柴，也就是不许他们用自由选举来表达意见。然而，假选举还是保留着，而这使我们想起民主的对头在西欧的起源。当然，基本冲突已通过把重新分配财富作为首要社会目标而伪装起来。然而，真正的争吵涉及权威的来源。

我们的星球是小的，它统一成一个全球性国家并非不可能。例如，可以通过征服来达到。原子战争是一种可能性,不过这种可能性并不比在第二次世界大战中使用毒气的可能性大,而今天的和平主义运动也并非没有歇斯底里成分。步兵一直是本世纪所有战争的一个决定性因素,而这可能会使我们倾向于假定它在未来也仍将是决定性的。

今天,整个地球类似伯罗奔尼撒战争时期的希腊半岛,至少从民主国家给它们的敌国造成的印象这个角度看是如此,这些敌国的青年从小就开始接受军事训练。然而,这现代雅典和现代斯巴达都惨遭严重疾病的打击,它们的政策在颇大的程度上受它们百病缠身的影响。西方正出现市民美德的衰落,青年一代不再把国家视为他们自己的(值得他们甚至牺牲生命来服务它和捍卫它)。在这方面,法国在一九四〇年建立了一个模式:不惜任何代价换取和平,甚至可以向敌人投降。不过,这个病和其他类似的病,似乎对西方非凡的创造能力有一种促进作用,仿佛解体是其进步的必要条件。一个来自一九〇〇年的颓废派,会被今天科学、技术、医药和艺术前所未有的发展所震撼,因为今天这个时代按他的预测恰恰是除了废墟什么也看不到的。而极权制度虽然外观上健康,且形成官方对国家和军事美德的崇拜,但是它掩饰了除了武器生产之外的所有人类努力领域的停滞病。现在,随着二十世纪走近其终点,任何在拥有权的垄断和权力的垄断的基础上建立起来的国家所具有的寄生虫性质,已昭然若揭。它赖以养活自己的,是有机的过去的残余——还未完全被消除——或从外面进口来的技术、科学和艺术。想象一个全球性的极权主义国家,就如同想象一个贫瘠和惰性的黑暗时代。

如果欧洲和北美诗人无法绕过这场对地球控制权的争夺,不管他们是否承认他们对这个问题感兴趣,我们都不免要怀疑他们的拉美同行是否也会如此关注这件事。他们似乎生活在一个不同的历史时期,也即那个地区的民众运动的时期,因此他们并不关心一名波兰居民或捷克斯伐洛克居民亲身经历的事情。不同的历史时期在地球上共存,这种非平行性为人类的普遍焦虑引入了额外因素。

文明的命运——那惟一的文明，因为其他文明都已在游戏中输了——并不令人安心，这就是为什么有些诗人现在成为诺斯特拉达穆斯[①]的末日预言的狂热读者。当我们寻找希望，我们必须转向那股把我们带到这个精确点的内在动力。一旦我们省思诸如"健康"和"颓败"这两个似乎极其误导的概念，事情便显得怪异起来。时间不仅对哈姆雷特来说是混乱的，而且对莎士比亚来说也是混乱的，而我们很难说莎士比亚夸大了这件事。事实上，到十六世纪，现代纪元和它将要带来的所有善与恶，都已经开始了。自那以后，诗人们往往设想一种秩序，它存在于别处，在某个不同的地点和时间。这样的渴望，就其性质而言是末世论的，它直接针对"此时此刻"，并成为导致不断改变的力量之一。这是不是颓败的？毫

107

---

① 诺斯特拉达穆斯(1503-1566)，法国医学家、占星学家和预言家。

六 论希望 177

无疑问是的,如果颓败意味着无能力与各种现存的
形式建立关系。我们也许可以提出一个假设,假设
西方正在发生的事情类似于一个有机体内部由细菌
引发的程序,这些细菌对该有机体的正常运作是必
不可少的。很有可能,西方这个文明分支解体是因
为它创造,创造是因为它解体。克尔恺郭尔[①]的哲学
的命运也许可作为一个例子。它是在基督教内部的
解体中产生的,无论如何是在新教内部解体中产生
的;反过来,原子的量子理论的创造者尼尔斯·玻
尔[②]则似乎受了阅读克尔恺郭尔著作的影响。[*]

很可能,我们正在见证文明的细菌的一场护生
与毁灭活动之间的竞争,一个未知的结果正在未来
等待我们。没有任何电脑可以计算如此多的利
弊——因此一位有直觉的诗人,依然是知识的一个

---

① 克尔恺郭尔(1813-1855),丹麦哲学家。

② 尼尔斯·玻尔(1885-1962),丹麦物理学家。

* 马克斯·雅默,《量子力学的概念发展》(纽约:麦格劳-希尔
出版社,1966)。

强大尽管不确定的来源。谈完经济和政治之后，现在我将回到我自己如果不是乐观、至少也是反对绝望的理由。

我们只有把我们的时代与我们的祖父和曾祖父的时代相比较，才有可能公平对待我们的时代。有什么事情发生了，它的重要性依然躲避我们，不被我们了解，并且它似乎非常普通，尽管它的效果将会持续并增加。二十世纪的特殊性质，并不是由喷气机作为运输工具或婴儿死亡率下降或避孕丸决定的。它是由人类作为一种崭新的基本力量的崛起决定的；在此之前，人类一直被分成不同社会等级，用服饰、心态和习俗来彼此区分。这场转变，只有在某些国家才可以清晰地看到，但正逐渐发生在各地，并导致某些在过去一百年间广泛流传的神话式概念的消失，这些概念曾把工人、农民和知识分子视为具有独特且被假设是永恒的特性。人类作为一种基本力量，是技术和大众教育的结果，它意味着人正在以前所未有的程度向科学和艺术开放。

108

我已故的朋友、波兰作家维托尔德·贡布罗维奇①对此十分清楚。他有一种才能，用简单得令人觉得无礼的方式阐述问题："我一般被归类为悲观主义者，甚至是'灾变论者'。"他于一九六八年也即他逝世前一年在威尼斯说。*"批评家已习惯于认为具有一定水平的当代文学必定是黑色的。我的作品不是黑色的。相反，它更多是在回应现时流行的那种冷嘲热讽的末日式音调。我就像《合唱交响曲》中的男中音：'朋友们，这支歌唱够了。奏些更欢乐的旋律来听吧。'"他接着说：

　　　　异化？不，让我们尝试承认，这异化并
　　不那么坏，承认它就在我们手指上，如同钢
　　琴家们所说的——在我们受训练、有技巧的

------

① 维托尔德·贡布罗维奇（1904—1969），波兰小说家和戏剧家。

* 《某种证词》，多米尼克·德鲁编（费城：天普大学出版社，1973）。

手指上,除了异化外,这些手指还每年给了工人很多自由而奇妙的假日,多得如同工作日。空虚? 存在的荒诞? 虚无? 让我们别夸张。要发现最高价值,不一定要求助于神或理想。我们只要三天不吃任何东西,一片面包屑就会变成我们最高的神:是我们的需要,成为我们的价值的基础,成为我们生活中的感觉和秩序的基础。原子弹? 几百年前,我们三十岁前就死去——瘟疫、贫困、巫术、地狱、炼狱、酷刑⋯⋯难道一次次的战胜冲昏了你的头脑? 你忘记我们昨天是什么样子的了吗?

109

对此,我们也许可以回答说,今天的地狱和今天的酷刑一点不逊于中世纪的。然而,贡布罗维奇所说的改变是真实的。正确评价改变的困难在于,一切新生事物都总会受到特别的贬低。现代国家的公民已不再是乡村或地区的居民,他们懂得如何读写,但他们并没有准备好接受某种更高等的知识层次的营养。他们在较低层次上人为地靠电视、电影和画报来支撑——这些媒体之于心灵，就如同旧中国太小的鞋之于女人的脚。与此同时，精英忙于所谓的"文化"，主要包括为充气派而出席的沉闷仪式。因此，基本的人类心灵向科学和艺术开放仍只是一种潜能，尚需要很长的时间才能变成无所不在的事实。

然而，一个诗人会预先假定存在着一个理想的读者，而这种诗学行为既预示着这样一个未来又加速这样一个未来的到来。我已在前面谈过生物学课，谈过今天到处被宣扬的简化的世界观。我已表达过一种希望，希望这种世界观会被另一种更能适应世界和个人的复杂性的视域所取代。在我看来，它似乎将以这样或那样的方式，与由人类基本力量开启的新向度联系起来，这新向度——我预期我的听众会对此略感吃惊——就是我们人类往昔的向度。这看上去似乎不大可能，因为大众文化似乎已迅速地倾向于忘记重要事件以至忘记近期事件，而

110

学校也愈来愈少教历史了。不过,让我们看看同时发生了什么事情吧。

　　往昔的绘画和音乐从未像现在这样,可通过复制和录音如此普遍地被欣赏。过去文明的生命从未像现在这样如此生动地被重新创造,而现在参观博物馆和美术馆的人群数量之多则是没有历史先例的。因此可以说,虽然技术把历史挤出教室,但是技术也弥补了,也许甚至是非常慷慨地弥补了它所摧毁的东西。我斗胆作一个预测:也许很快,就在二十一世纪,人们将断然抛弃主要以生物学为标志的世界观,而这将是一种新获得的历史意识带来的结果。人们将不再通过那些使人与进化链中更高级的形式联系起来的特点来呈现人,而是侧重人的其他方面:那个对自己也感到神秘莫测的生命,那个不断地超越自身局限的生命的殊绝性、陌生感和孤独感。人将愈来愈与自己背道而驰,愈来愈深思其整个过去,寻找开启他自己的谜底的钥匙,并通过移情,穿透往昔世代的灵魂和全部文明的灵魂。

这方面的预兆可在二十世纪诗歌中找到。在一九〇〇年，教育当然是一小撮精英的特权，包括拉丁语和希腊语的训练，这两种语言是人文主义理想的残余。还要求用原文读某些古代诗人，对他们有一定程度的熟悉。那个时期已经结束了，拉丁语甚至已从天主教礼拜仪式上消失，重新恢复的机会并不大。但是，与此同时，从诗歌判断，例如拿罗伯特·格雷夫斯①的诗歌来说，地中海人——犹太人、希腊人、罗马人——的过去已开始在我们的意识中存在，而且其程度比它在我们那些有教养的先辈意识中的存在还要强烈，尽管是以一种不同的方式。我们还可以从其他诗人那里找到众多同类例子。此外，源自欧洲文学或源自文学传奇的神话人物，也得到比以前任何时代都要生动的表现，例如哈姆雷特、李尔王、普洛斯佩罗、弗朗索瓦·维庸、浮士德。

从这个角度看，有一位诗人的冒险是值得一提

---

① 罗伯特·格雷夫斯（1895-1985），英国诗人和翻译家。

的,他的诗中,至少有一些属于二十世纪艺术的正典,而他则是一位当之无愧的先驱者,尽管他的作品整体而言是参差不齐的。康斯坦丁·卡瓦菲斯是一位来自亚历山大的希腊人,生于一八六三年。他曾做了很多尝试,想以世纪末的精神写作。之后,他勇敢地拥抱一个理念,它与他的同代人那些高度主观性的文学时尚背道而驰。他认同整个希腊世界,从荷马时代一直到塞琉西王朝和拜占庭,他使这些时代在自己身上体现出来,因此可以说,他穿越时间和空间的旅行,也是他进入自己的内心王国的旅行,这内心王国也即他作为一个希腊人的历史。也许他这种冲动,来自他对英语诗歌的熟悉,主要是罗伯特·勃朗宁及其戴上文艺复兴时期意大利人物的面具。①也许他还读过皮埃尔·路易②的诗集《比利提斯之歌》。尽管如此,卡瓦菲斯最好的诗,都是沉思过去

---

① 指勃朗宁采用第一人称叙述,从意大利文艺复兴时期一名公爵的角度讲话。

② 皮埃尔·路易(1870-1925),法国诗人。

的,过去被他拉近了,使得数百年前的人物和情景被读者当成亲属来看待。卡瓦菲斯似乎属于二十世纪下半叶,但这是一个错觉,这错觉源自于他很晚才透过翻译抵达世界诗坛。事实上,他有生之年几乎默默无闻(尽管 T. S. 艾略特曾在《标准》杂志发表过他的诗),直到一九三三年逝世之后才逐渐被发现。他在第一次世界大战前写出他最著名的诗。《等待野蛮人》写于一八九八年;《伊萨卡岛》第一个版本完成于一八九四年,第二个版本完成于一九一○年;《季米特里奥斯国王》作于一九○○年;《大琉士》和《公元前三十一年在亚历山大》作于稍晚的一九一七年。

由于我在这些讲座中试图展示我的波兰背景,并使用了一些来自波兰诗歌的例子,因此,也许指出这点是合适的,也即卡瓦菲斯诗中表现的希腊的过去对一位波兰诗人来说特别容易理解。波兰诗人的真正家园是历史,并且,虽然波兰历史要比希腊历史短得多,但是它在失败和幻灭方面的丰富性,却是不遑多让的。卡瓦菲斯决定利用他自己的希腊历史,

112

而他的波兰读者从他这个决定中认出了他们在读波兰诗人的作品时已经发现的理念：也即我们带着怜悯和恐怖来了解人类状况时，并不是以抽象方式来了解，而是永远在特定地点和时间的关系中了解，在某个具体的省份，在某个具体的国家。

我选择引用卡瓦菲斯的《大琉士》*，可能是因为作者是以某种居高临下的幽默来处理诗中的人物，而且诗中这个人物是一个担心自己的名声的诗人。他追求名声，既为了从君主口中获得称赞，又为了赢得那些恶意批评家的承认。这首描写一位两千年前的诗人的诗，与我对自己的专业所持的那种略带反讽的态度可谓不谋而合，这点也许可从我在这里谈过的关于这个专业的某些特性中看到。

_____

* C. P. 卡瓦菲斯，《诗集》，埃德蒙·基利、菲利普·谢拉德译，乔治·萨维迪斯编（新泽西：普林斯顿大学出版社，1975）。

大琉士

诗人斐纳齐斯正在写

他的史诗的关键部分：

希斯塔斯皮斯之子大琉士

如何接管波斯王朝。

（就是他，大琉士，成了我们光荣的国王

米特拉达梯，狄奥尼斯奥斯和埃弗帕托的

祖先。）①

但这需要严肃认真的思考：斐纳齐斯必须

分析

大琉士一定会有的感觉：

也许是傲慢和陶醉？不——更有可能

是对伟大本身的虚幻产生某种洞见。

诗人陷入对这个问题的深思。

---

① 狄奥尼斯奥斯和埃弗帕托都是米特拉达梯四世的别名，也有三者加起来作为全称的。在这首诗的另一个英译本中，即译为米特拉达梯·狄奥尼斯奥斯·埃弗帕托。

但他的仆人跑进来，

打断他，宣布非常重要的消息：

与罗马人的战争开始了；

我们大部分军队已越过边界。

诗人吓呆了。何等的灾难！   113

我们光荣的国王

米特拉达梯，狄奥尼斯奥斯和埃弗帕托，

现在哪有心情过问希腊诗？

在战争中——想想吧，希腊诗！

斐纳齐斯精心制作了这一切。多么倒霉！

正当他有把握要以《大琉士》来

一举成名，有把握永远堵住

那些嫉妒他的批评家之际。

对他的计划来说，这是何等可怕的打击。

而如果这仅仅是打击，那还不太坏。

但我们真的以为我们在阿米索斯是安全
的吗？

这个城镇防御并不坚固，

而罗马人是最可怕的敌人。

我们，卡帕多西人，真的够他们打吗？

这可以设想吗？

我们要跟那些兵团较量吗？

伟大的诸神，亚细亚的保护者，帮助我
们吧。

但是在他紧张和骚动的过程中

那个诗歌意念始终萦绕不去：

傲慢和陶醉——这当然是最有可能的；

傲慢和陶醉肯定是大琉士所感到的。

如同我们从对卡瓦菲斯这首诗的注释了解到的，斐
纳齐斯是一个虚构人物。他生活的城市阿米索斯位

于本都也即黑海海岸。米特拉达梯四世（埃弗帕托）是本都国王，于公元前七十一年发动与罗马的战争，诗中所讲的事情就是发生在这个时候。三年后，阿米索斯被罗马人夺取，米特拉达梯国王于公元前六十六年败给庞培。

我刚提到认同过去的人物，提到一种有助于我们穿透时间帷幕的博爱感情。诗人斐纳齐斯说明了诗歌事业的一个秘密。当战争爆发，在他的城市和国家命运未卜之际，他那些担忧是喜剧性的。然而，在他显露他的职业病——他太在意人们给予他的作品好评——的同时，还有别的事情占据着他："但是在他紧张和骚动的过程中／那个诗歌意念始终萦绕不去。"一个诗人不可能完全不玩他那荣辱的小游戏，但与此同时，"那个诗歌意念"一而再地把他从他的自我中解放出来。这一切之所以获得某种特别深长的意味，恰恰是因为阿米索斯城、诗人斐纳齐斯和王国的国王对我们来说都只是一些阴魂，他们要求我们赋予他们生命，如同荷马诗中冥府的阴魂要求的那样。

使过去的事物显现于眼前。我们甚至倾向于相信一个诗人仅仅因为他可以在一座存在于两千年前的城市的街道上漫步而获得不止一个生命。当人们在古代艺术复制品中、在建筑中、在时装中、在拥挤的博物馆中寻寻觅觅搜索过去时，他们所求的也许也正是这个。一个单向度的人，希望通过穿戴其他时代的面具和衣服，体验其他时代的感情方式和思想方式，来获得其他新向度。

这里似乎还牵涉到一些更严肃的问题。"从哪里，会有一次更新降临我们，我们这些糟蹋和毁坏了整个地球的人？"西蒙娜·薇依问道。而她答道："只有从过去，如果我们爱它。"乍看，这是一个谜似的说法，很难揣测她心里到底要说什么。可以通过她别的看法来理解她这句格言的意义。例如她在别处说："有两样东西不可能被简化为任何理性主义：时间和美。我们应从这两者着手。"或"距离是美的灵魂"，过去是"用时间编织的永恒的颜色"。在她看来，人要穿透现实是很困难的，因为人被他的自我妨碍着，也被为他那服务自我的想象力妨碍着。只有时间的距离才能使我们看清现实，而不至于用我们的激情来歪曲现实。而以这种方式看到的现实是美的。这就是为什么过去如此重要："在过去，现实感是纯粹的。有纯粹的欢乐。有纯粹的美。普鲁斯特。"当我引用西蒙娜·薇依时，我想到究竟是什么使我个人如此容易接受她的净化理论。很可能不是她所珍视的马塞尔·普鲁斯特作品，而是我更早、在童年阅读的一部著作，它也是此后一直陪伴着我的著作——亚当·密茨凯维奇的《塔杜施先生》。在这部诗中，日常生活中大多数普通事件都变成了一个由童话构成的网，因为它们都被描写成发生在很久以前，而痛苦则是不存在的，因为痛苦只影响我们这些活着的人，而不会影响那宽恕一切的记忆所唤起的人物。

在人类将寻找净化的现实、寻找"永恒的颜色"这个意义上，换言之，也就是寻找美这个意义上，人类也将探索自身。陀思妥耶夫斯基肯定世界将被美拯救时，他的意思很可能就是指这个，尽管他对文明的命运是疑虑重重的。这意味着，我们因为现实与我们心中欲望之间的落差而陷入的愈来愈深的绝望，将会被治愈，而那个客观存在的世界——也许就是上帝眼里所见的世界，而不是我们怀着欲望和痛苦所感知的世界——将与其所有善与恶一起被接受。

　　我已提供了各种答案，回答为什么二十世纪诗歌有如此阴郁、末日式音调的问题。原因很可能无法缩减成一个。诗人与人类大家庭的分离；当我们被禁锢在我们个人的短暂性所形成的忧伤里时，便逐渐变得明显起来的主观化；文学结构的自动作用，或仅仅是时尚的自动作用——所有这一切无疑都有其重量。然而如果我宣称现实主义就是诗人有意识或无意识的渴望，那么我就理应对我们的困境作一番冷静的评估。地球一体化进程并不是没有高昂代价的。通过大众传播，所有语言的诗人都接收到关于整个地球表面上发生的事情的信息，关于人对人实施酷刑的信息，关于饥饿、悲惨和羞辱的信息。在诗人对现实的了解仅限于一个村落或地区的时代，诗人没有这样的重负。现在不同了，难怪他们在道德上总是愤慨的，难怪他们感到有责任，难怪任何科学和技术进一步胜利的前景都不能遮掩这些混乱的形象和人类蠢行的形象。而当他们尝试设想最近的将来，他们什么也看不到，除了随时可能爆发经济危机和战争。

这不是一个适合预测明天会发生什么事的场合，像算命先生和未来学家所做的那样。诗人的希望，我捍卫、我提出的希望，并没有附上任何日期。如果解体就是发展的一个功能，如果发展就是解体的一个功能，那么两者之间的竞争也许很可能以解体的胜利告终。在很长时间内，但不是永远——而这儿正是希望进入之处。它既不是妄想的，也不是愚蠢的。相反，每天我们都能看到有迹象表明，现在，就在此刻，某种新事物正以前所未有的规模诞生：人类作为一股意识到自己超越自然的基本力量，因为人类是靠对自己的记忆而活的，即是说，活在历史中。

索　引

Cavafy, Constantin 卡瓦菲斯, 康斯坦丁, 111-114; "Dareios" 《大琉士》, 112-113

Chaucer, Geoffrey 乔叟, 杰弗里, 62

Chernyshevsky, N. G. 车尔尼雪夫斯基, Н. Г., 102

Church 教会, 25, 61-62, 63, 107; 教会在波兰的影响, 4-6, 9-10, 89

classicism: classical education 古典主义: 古典主义教育, 5, 110; 古典主义诗学, 6, 61-64; 作为失乐园, 65-66; 与现实主义的斗争, 66-75

Conrad, Joseph 康拉德, 约瑟夫, 51

Copernicus, Nicolaus 哥白尼, 尼古拉斯, 42, 43

Courbet, Gustave 库尔贝, 居斯塔夫, 69

cubism 立体派, 6

dadaism 达达主义, 55

Dante Alighieri 但丁·阿利吉耶里, 26, 29, 30, 34, 84

Darwin, Charles 达尔文, 查尔斯, 42

Decadent, Le (Paris) 《颓废》杂志(巴黎), 101

Descartes, René 笛卡尔, 勒内, 73

Dostoevsky, Feodor 陀思妥耶夫斯基, 费奥多尔, 6, 17,

Gospels 《福音书》,45,63

Graves,Robert 格雷夫斯,罗伯特,110

Grosz,George 格罗斯,格奥尔格,16

Grotowski,Jerzy 格罗托夫斯基,耶日,82

Halévy,Daniel 哈列维,丹尼尔,37

Heine,Heinrich 海涅,海因里希,24

Herbert,Zbigniew 赫伯特,兹比格涅夫,89-94;"The Pebble" 《小卵石》,91

Hitler,Adolf 希特勒,阿道夫,36,81,92

Hölderlin,Friedrich 荷尔德林,弗里德里希,24

Holocaust 大屠杀,83,94

Homer 荷马,26,29,34,65,82,114;*The Iliad* 《伊利亚特》,63,65

Horace 贺拉斯,5,6,62,63,65,96

Hulme,T. E. 休姆,T. E.,34

Huxley,Aldous 赫胥黎,奥尔德斯,102

Kafka,Franz 卡夫卡,弗朗茨,7

Kierkegaard,Sören 克尔恺郭尔,索伦,107

Quevedo, Francesco de 克韦多, 弗朗切斯科·德, 10

Racine, Jean Baptiste 拉辛, 让·巴蒂斯特, 29

Renaissance 文艺复兴, 文艺复兴时期, 25, 45-46, 49, 111; 文艺复兴时期诗歌, 4, 70, 75; 科哈诺夫斯基作为一位文艺复兴时期的诗人, 61, 66

Rexroth, Kenneth 雷克斯罗斯, 肯尼思, 23

Rimbaud, Arthur 兰波, 阿蒂尔, 11, 18, 42-43

romanticism 浪漫主义, 12, 24-26, 49, 95

Ronsard, Pierre de 龙沙, 皮埃尔·德, 61, 62

Rousseau, Jean-Jacques 卢梭, 让-雅克, 104

Różewicz, Tadeusz 鲁热维奇, 塔德乌斯, 82, 87; "Nothing in Prospero's Cloak" 《普洛斯佩罗的斗篷里什么也没有》, 82-83

Russian Revolution 俄国革命, 15, 16, 33

Sartre, Jean-Paul 萨特, 让-保尔, 91

Schiller, J. C. F. von 席勒, J. C. F. 冯, 14

Schopenhauer, Arthur 叔本华, 阿图尔, 102

science 科学, 18, 29; 作为将导致一场新文艺复兴的科学,

译 后 记

　　米沃什的《诗的见证》,我二十年前就买了,我还在扉页上注明"一九九〇年香港辰冲图书公司",并在内文里划了很多横线和纵线,写了若干眉批。想不到就像一些我看过后来又由我翻译的书一样,这本诗论集的中译竟然又落到我手上。更想不到的是,这本书是如此适合我现在重读、细读、深究,使得我自己成为最大受益者。这是因为,书中很多问题也都是我一直在思考的,尤其是我写诗已有二十多年,心智也已成熟,恰恰来到了有足够基础和经验去感受、领会和体认米沃什诗观的状态。而我不能不说，才华洋溢、智力超群的诗论家实在不少，包括我即将翻译的布罗茨基和希尼，以及我翻译过的曼德尔施塔姆，还有我敬佩的瓦莱里、艾略特和奥登——但是，我真感到米沃什是二十世纪头脑最清醒的诗人，而且也是最勇敢的，简直是孤身奋战，近于先知，至少可以说，他的预见力是惊人的。

我这个结论，如果结合米沃什一生经历和他写作《诗的见证》的背景来看，是一点也不奇怪的。米沃什活到九十多岁，几乎成为一个完整的二十世纪人：童年和青年时代经历两场世界大战，又经历纳粹主义和斯大林主义统治，然后流亡法国，在流亡法国十年间又必须面对法国知识分子替苏联辩护的压力。一九六一年他五十岁时移居美国，在加州大学伯克利分校教授斯拉夫语言和文学。在美国，他又差不多默默无闻了二十年。这个时期，他仅以《被禁锢的头脑》为人所知。这是一本描述极权制度下作家被权力诱惑的专著。这本震惊西方知识界的书，在中国读者看来，实在平平无奇——这算什么！因为这类情况简直是司空见惯，小菜一碟。但我相信每一个中国作家和知识分子都应该好好看一看这本书，因为我们愈是觉得它浅显或不值一提，就愈是可以用它来衡量我们麻木的深度！

直到他一九八〇年获诺贝尔文学奖，他的诗才开始引起真正的注意。而这个时候他可以说已是波兰的民族诗人——他的著作在波兰长期被禁，都是通过地下渠道流传的。

米沃什自称是一个神灵附体的诗人，故不轻易谈诗。他写了很多散文和评论，评论所谈的，大多数是广义的文学问题和文学以外的哲学、宗教问题。《诗的见证》是他在一九八一年至一九八二年担任哈佛诗歌教授期间写的，这也是第一位斯拉夫人担任诺顿讲座教授。这个时候，他已写了一生的大部分著作，过了七十岁。这本诗论集的一些观点，已散见于他一些散文和访谈，包括诺贝尔文学奖受奖演说。但这一次他可以说是一方面总结一生的经验，另一方面总结二十世纪诗歌的经验，正式地、集中地、浓缩地谈诗。在诗歌经验方面,米沃什青年时代接受古典主义和神学训练,又接受过马克思主义影响,又去过法国游学。在游学期间他不仅亲眼目睹文学艺术首都巴黎的风貌,而且主要还接受他的远房表兄奥斯卡·米沃什的教诲。奥斯卡是一位杰出但隐遁的法国诗人和神秘主义者,在法国诗坛他可以说是置身其中又置身其外,他留给年轻的米沃什的诗学遗产是弥足珍贵的,因为那是一个真正内行人的诗学。而米沃什本人也变成这样一位真正的内行人。

米沃什提出的问题,概括地说,是古典主义、现实主义和现代主义的问题,换个角度看,也就是这三者各自构成的樊笼,以及诗人如何应付或突破这些樊笼。古典主义问题在于传统手法变成惯例,容易造成诗人缺乏原创性,因而脱离现实。现实主义问题在于缺乏距离感和容易流于琐碎,以及导致诗人在面对大灾难时变得哑口无言或诉诸陈腔滥调。现代主义问题则是一个更大问题,它音调阴郁、色彩昏暗,为写作而写作,在某种程度上不仅脱离现实而且也是陈腔滥调和自我复制。与此相关的是三条线索。第一,诗人与人类大家庭分离,变成一个孤独者、隔世者,没有读者,没有听众,这也基本上是现代主义的问题。解决这个问题,有赖于另两条线索,也即(第二)追求真实、正视客观世界和(第三)超越阴郁和颓废的末日论,怀着希望。

第二条线索也是米沃什关于诗歌的定义"对真实的热情追求"的核心,这真实,在某种程度上即是现实主义,但只是在某种程度上而已。因为,尤其是在中国语境中,现实主义已变成一个陈腔滥调的肤浅概念。米沃什心目中的真实是世界的真相。因而,它可以说是无边的,而现实主义如果我们正确地理解,应是一种无边的实现主义,而不是我们现时所见的中国新文学以来的狭窄现实主义或中国新文学以来对外国现实主义的狭窄理解。在米沃什看来,现实如果不是完全无法捕捉的,至少也是非常不容易捕捉的。事实上可能正因为如此,古典主义才那么吸引人,甚至可以说,现代主义也才那么吸引人。

正因为现实是如此难以捉摸，我们才必须警惕掉入肤浅的现实主义的陷阱——这方面，米沃什以波兰诗歌的战时题材为焦点，做了非常令人信服的剖析，证明现实是需要距离的，否则就容易陷入跟古典主义相同的陈规。我们常常听人说，诗人要关注现实，尤其是发生大灾难的时候。可是米沃什提出警告："我们也不免要怀疑，某些现实区域究竟能不能成为诗或小说的题材。"他指的是一些非常残酷的现实例如大屠杀。但是，与现实保持距离，需要巨大的勇气，米沃什在诺贝尔文学奖演说中就说："对现实的拥抱如果要达到把它一切善与恶、绝望与希望的古老纠结都保存下来的程度，则可能只有距离才做得到，只有飞升至现实上空才做得到——但这样一来，又会变得像是道德背叛。"

第三条线索是超越阴郁的悲观音调。在本书中，米沃什有两个似乎互相矛盾的说法。一方面他说诗歌就应当是末世论的，另一方面他对现代诗的末日论音调表示不满。我的理解是，末世论是怀着期待和希望的,相信一切阴郁的事情过去之后,将会有人性和文艺的复兴,而末日论则是深陷于主观性之中,看不到任何未来。这就像我们都深陷于某种长期的困境或黑暗中,很多人完全被这个环境所左右和摆布,但也有少数人坚韧不拔,在同样的困境中挺住,不仅怀着希望而且为新的复兴做好准备。米沃什非常动人地说:"如果解体就是发展的一个功能,如果发展就是解体的一个功能,那么两者之间的竞争也许很有机会以解体的胜利告终。在很长时间内,但不是永远——而这儿正是希望进入之处。"正是在这里,米沃什显示出他的智慧。而他坚韧不拔的生命历程,本身即是这种希望的见证。这智慧,也见诸米沃什在刚才这段引文中对阴郁音调的充分理解,如同他在本书别处也都对他诗学的对立面有充分理解,因为他也常常站在他自己的对立面中。他并不是简单地站在绝望的对立面提出希望,而是他本人就站在这绝望中,他的希望是靠消化大量绝望来维持的,因而像他这样一种怀着希望的人是要比绝望的人艰难好几倍的。美国诗人、米沃什诗歌长期英译者罗伯特·哈斯曾说，米沃什"对生活有着巨大的胃口，但他见过的恐怖是如此多，以致他不觉得他应该喜欢生活"。

　　作为中国读者，我们不免要问，一个中国诗人，站在中国写作的语境中，该如何对待米沃什这本书中提出的古典主义、现实主义和现代主义的问题，尤其是如何对待现代主义呢？首先是对真实的热情追求，这是肯定的，我们整个古典传统中的伟大诗人也都是真实的热情追求者。由于真实的含义是非常广的，我们恰恰可以利用它的无所不包来修正和拓宽我们对现实和现实主义这些概念的理解。例如当我们看到人们说杜甫是现实主义诗人时，我们从人们谈论的内容看，他们所谓的现实主义只是社会承担而已，而社会承担是一个十分狭窄而且常常是太过功利的概念，米沃什对此也是十分警惕的。但如果我们说杜甫的诗是对真实的热情追求，那就完全正确了。

至于古典主义,我们新诗是告别中国古典主义诗歌的产物,它的语言是相对幼嫩的,它主要是受外国浪漫主义和一小部分现代主义的影响,到八十年代以后才较大部分地受外国现代主义影响。外国古典主义如同中国的古典主义,对新诗影响似乎不大,部分原因是外国古典主义的格律和音韵难以翻译过来,外国古典主义的"传统手法",包括大量典故,也不是中国读者熟悉的。在这种没有外国古典主义作强大后盾的环境下,外国浪漫主义对中国诗歌的影响基本上是无效的,如果不是负面的。如此一来,剩下的就是现代主义了。而纵观新诗的成就,主要正是现代主义影响的结果。没错,米沃什眼中负面和消极的现代主义,在中国恰恰是正面和积极的。在四十年代的战乱和五十年代以后历次政治运动的压力下,新诗所使用的语言很快就变成教条语言。现代主义对语言的关注一方面使新诗语言坚固起来,另一方面有效地抵抗了官方教条。即使就绝望而言,在官方的虚假希望和虚假乐观主义统治之下,绝望恰恰是更真实的,甚至可以说还绝望得不够深。因此,在某种意义上,绝望或阴郁主调反而变成对真实的热情追求。但更幸运的是,绝望和阴郁音调并非中国现代主义的主旋律,反而是对语言的可能性的探索,对语言的魅力本身的追求。这种对语言的重视,或者一定程度上对"纯诗"的重视,本身反而变成了对真实的热情追求的一部分。

总之,现代主义遗产是中国新诗的营养液。但现代主义包括纯诗和对语言的关注,如今在中国似乎也已来到穷途末路,进入米沃什所担忧的处境。这也正是米沃什这本诗论集对我们的意义所在。米沃什在一篇论文《反对难懂之诗》中说:"西方诗歌已如此深地走入主观性的道路,以致它已停止承认客观规律。它甚至似乎认为一切存在的事物都只是感觉,没有客观世界这回事。在这种情况下,你爱说什么都可以,完全失去控制。"他在诺贝尔文学奖演说中则对为写作而写作或者说"不及物"写作的政治后果提出警告:"在文学作为书写的理论,也即语言以自身为食的理论，与极权主义国家的增长之间，似乎有某种隐蔽的联系。"他进而说："一个国家没有理由不容忍一种只包含创造实验性诗歌和散文的活动……只有当我们假设一个诗人不懈地努力把自己从借来的风格中解放出来，追求现实，他才是危险的。"

我认为，现代主义已像古典主义、浪漫主义和现实主义一样，是既成事实，而且就像我所说的，对我们新诗来说还是一份重要遗产。因此，拒绝它是徒劳的。我们完全可以继续活用它，就像我们已经做过的那样。这继续活用，在我看来就是把现代主义当成像西方古典主义那样来训练诗人的基本功。这训练无疑将充满各种现代主义的"传统手法"和陈腔滥调，但这儿也是希望进入之处：一、在经过长时间训练之后，诗人也许会像波兰诗人科哈诺夫斯基那样，在个人生活发生巨变时顺势写出足以留传后世的真实的诗歌，但这仍是被动的，尚有更主动的，也即二、在经过长时间训练之后，诗人有意识地突破自己的学徒训练期，朝着"对真实的热情追求"努力和奋进。当诗人已站在"对真实的热情追求"这块坚实的土地上时，尚有更广阔的领域等待他去开采，这就是尽可能吸取中国古典主义和西方古典主义的丰富成果。这个处方，也即寄居现代主义，然后立足"对真实的热情追求"，以及进一步迈向古典主义，还可以作相应加减：立足"对真实的热情追求"，兼顾对现代主义和对古典主义的热情吸取；或仅仅立足"对真实的热情追求"，兼顾对古典主义的热情吸取。

米沃什的"希望进入之处"，是非常迷人的说法，这本身就给人以希望。虽然他针对的是二十世纪西方诗歌，但是非常有可能的是，这希望并不是在西方现代诗的阴郁或绝望之处进入，这复兴也并不一定产生于已有过文艺复兴的西方。这希望，这复兴，完全有可能产生于中国，而此时此刻的我们，可能正在有意识或无意识地做好一切准备。至少，我是一直这样相信的。

感谢魏东先生约我译这本书，使我得以深入了解它;感谢编辑们提出很多有益的修改意见;感谢朋友邓宁立小姐帮我找出个别漏译的字眼。

译者

二〇一一年九月于香港